U0606472

21世纪文学之星丛书 2018年卷

中短篇小说集

街区那头

蒋 在／著

作家出版社

顾　问

王　蒙　王巨才　袁　鹰　谢永旺

编审委员会

主　任　何建明

副主任　高洪波　鲍　坚

委　员　（按姓氏笔画排序）

王　干　叶　梅　叶延滨　朱向前　何建明

吴义勤　吴秉杰　张　陵　李敬泽　胡　平

高洪波　施战军　梁鸿鹰　阎晶明　鲍　坚

出版委员会

主　任　吴义勤

副主任　鲍　坚　张亚丽

委　员　（按姓氏笔画排序）

史佳丽　李亚梓　赵　蓉

作者简介：

蒋在，1994年9月生，11岁开始写作，14岁发表作品。有作品见于《人民文学》《十月》《诗刊》《青年文学》《北京文学》《上海文学》《大家》《天涯》《山花》《长江文艺》《星星》等。部分作品被《长江文艺·好小说》《中国诗歌精选》等转载。曾获首届《山花》小说双年奖"新人奖"，2016年牛津大学罗德学者提名。

目 录

总 序

袁 鹰

中国现代文学发轫于本世纪初叶，同我们多灾多难的民族共命运，在内忧外患，雷电风霜，刀兵血火中写下完全不同于过去的崭新篇章。现代文学继承了具有五千年文明的民族悠长丰厚的文学遗产，顺乎 20 世纪的历史潮流和时代需要，以全新的生命，全新的内涵和全新的文体（无论是小说、散文、诗歌、剧本以至评论）建立起全新的文学。将近一百年来，经由几代作家挥洒心血，胼手胝足，前赴后继，披荆斩棘，以艰难的实践辛勤浇灌、耕耘、开拓、奉献，文学的万里苍穹中繁星熠熠，云蒸霞蔚，名家辈出，佳作如潮，构成前所未有的世纪辉煌，并且跻身于世界文学之林。80 年代以来，以改革开放为主要标志的历史新时期，推动文学又一次春潮汹涌，骏马奔腾。一大批中青年作家以自己色彩斑斓的新作，为 20 世纪的中国文学画廊最后增添了浓笔重彩的画卷。当此即将告别本世纪跨入新世纪之时，回首百年，不免五味杂陈，万感交集，却也从内心涌起一阵阵欣喜和自豪。我们的文学事业在历经风雨坎坷之后，终于进入呈露无限生机、无穷希望的天地，尽管它的前途未必全是铺满鲜花的康庄大道。

绿茵茵的新苗破土而出，带着满身朝露的新人崭露头角，自然是我们希冀而且高兴的景象。然而，我们也看到，由于种种未曾预料而且主要并非来自作者本身的因由，还有为数不少的年轻作者不一定都有顺利地脱颖而出的机缘。其中一个重要的原因，乃是为出书艰难所阻滞。出版渠道不顺，文化市场不善，使他们失去许多机遇。尽管他们发表过引人注目的作品，有的还获了奖，显示了自己的文学才能和创作潜力，却仍然无缘出第一本书。也许这是市场经济发展和体制转换期中不可避免的暂时缺陷，却也不能不对文学事业的健康发展产生一定程度的消极影响，因而也不能不使许多关怀文学的有志之士为之扼腕叹息，焦虑不安。固然，出第一本书时间的迟早，对一位青年作家的成长不会也不应该成为关键的或决定性的一步，大器晚成的现象也屡见不鲜，但是我们为什么不在力所能及的范围内尽力及早地跨过这一步呢？

于是，遂有这套"21世纪文学之星丛书"的设想和举措。

中华文学基金会有志于发展文学事业、为青年作者服务，已有多时。如今幸有热心人士赞助，得以圆了这个梦。瞻望21世纪，漫漫长途，上下求索，路还得一步一步地走。"21世纪文学之星丛书"，也许可以看作是文学上的"希望工程"。但它与教育方面的"希望工程"有所不同，它不是扶贫济困，也并非照顾"老少边穷"地区，而是着眼于为取得优异成绩的青年文学作者搭桥铺路，有助于他们顺利前行，在未来的岁月中写出更多的好作品，我们想起本世纪 20 年代和 30 年代期间，鲁迅先生先后编印《未名丛刊》和"奴隶丛书"，扶携一些青年小说家和翻译家登上文坛；巴金先生主持的《文学丛刊》，更是不间断地连续出了一百余本，其中相当一部分是当时青年作家的处女作，而他们在其后数十年中都成为文学大军中的中坚人物；茅盾、叶圣陶等先生，都曾为青年作者的出现和成长花费心血，不遗余力。前辈们关怀培育文坛新人为促进现代文学的繁荣所作出的业绩，是永远不能抹煞的。当年得到过他们雨露恩泽的后辈作家，直到鬓发苍苍，还深深铭记着难忘的隆情厚谊。六十年后，我们今天依然以他们为光辉的楷模，努力遵循他们的脚印往前走去。

开始为丛书定名的时候，我们再三斟酌过。我们明确地认识到这项文学事业的"希望工程"是属于未来世纪的。它也许还显稚嫩，却是前程无限。但是不是称之为"文学之星"，且是"21 世纪文学之星"？不免有些踌躇。近些年来，明星太多太滥，影星、歌星、舞星、球星、棋星……无一不可称星。星光闪烁，五彩缤纷，变幻莫测，目不暇接。星空中自然不乏真星，任凭风翻云卷，光芒依旧；但也有为时不久，便黯然失色，一闪即逝，或许原本就不是星，硬是被捧起来、炒出来的。在人们心目中，明星渐渐跌价，以至成为嘲讽调侃的对象。我们这项严肃认真的事业是否还要挤进繁杂的星空去占一席之地？或者，这一批青年作家，他们真能成为名副其实的星吗？

当我们陆续读完一大批由各地作协及其他方面推荐的新人作品，反复阅读、酝酿、评议、争论，最后从中慎重遴选出丛书入选作品之后，忐忑的心终于为欣喜慰藉之情所取代，油然浮起轻快愉悦之感。"他们真能成为名副其实的星吗？"能的！我们可以肯定地、并不夸张地回答：这些作者，尽管有的目前还处在走向成熟的阶段，但他们完全可以接受文学之星的称号而无愧色。他们有的来自市井，有的来自乡村，有的来自边陲山野，有的来自城市底层。他们的笔下，荡漾着多姿多彩、云谲波诡的现实浪潮，涌动着新时期芸芸众生的喜怒哀伤，也流淌着作者自己的心灵悸动、幻梦、烦恼和憧憬。他们都不曾出过书，但是他们的生活底蕴、文学才华和写作功力，可以媲美当年"奴隶丛书"的年轻小说家和《文学丛刊》的不少青年作者，更未必在当今某些已经出书成名甚至出了不止一本两本的作者以下。

是的，他们是文学之星。这一批青年作家，同当代不少杰出的青年作家一样，都可能成为21世纪文学的启明星，升起在世纪之初。启明星，也就是金星，黎明之前在东方天空出现时，人们称它为启明星，黄昏时候在西方天空出现时，人们称它为长庚星。两者都是好名字。世人对遥远的天体赋予美好的传说，寄托绮思遐想，但对现实中的星，却是完全可以预期洞见的。本丛书将一年一套地出下去，十年二十年三十年五十年之后，一批又一批、一代又一代作家如长江潮涌，奔流不息。其中出现赶上并且超过前人的文学巨星，不也是必然的吗？

岁月悠悠，银河灿灿。仰望星空，心绪难平！

1994 年初秋

蒋在小说集序

施战军

　　蒋在是一个成名很早的诗人，14 岁的诗在《山花》初绽，17 岁作品结朵《诗刊》，18 岁高中时段一大组诗盛放在《人民文学》2012 年第 11 期。在我印象里，能够在《人民文学》杂志刊登三个页码以上诗作的诗人中，年纪最大的是李瑛，最小的就是蒋在。语风清新可喜是一定的，可她又仿佛一下子就越过了变声期，没有或低浅或扬厉的特定年龄的腔调；她的诗作内部无躁气不鲁莽，敏感保真又深挚由衷，穿通人生首尾，有与万物约谈的诚意。

　　如今蒋在海外学成归来，"资深"诗人已然成为新锐小说家。从她转向小说的写作成色来看，她依然是群体中的特别存在：不要架势，不喜摆弄，尽量将阅历和感受形象化于自然而然的记述中，良好的涵养使她敬重经典传统，也使她呈现出下笔精细又深含意味的表达。

蒋在的小说，不少是在异域情境上生发的，却不跟风去展示所谓的"异质性"。不"志怪"，也没有那种一上手就非要"以震其艰深"的傲慢，更无一丝"你不知道吧那么我来告诉你"的炫耀，而是注重命运和身世之感，留下疑虑和追问，底里却是体贴，勘探天下同此凉热境况下的众生的幸与窘。

进一步说，从第一篇小说《叔叔在印度》到引起关注的《举起灵魂伸向你》《虚度》《街区那头》《回不去的故乡》等等，蒋在这一系列小说，显然写出了身处"异国"（主要是加拿大）的故事，但即便写校园，那也是文化与观念共处的世相繁杂之地。我们能读出"异国"人物彼此之间在沟通理解愿望上的内在冲突，但这往往远不如地域更近的甚至是同族者之间的言行分歧更重，所幸的是，在作品的深处，总是如风如歌地敞开着人性共通的余地。因而，我们从这些有着国际化情境的作品中，可能读到的是超出窥视孔的那更广角的部分——关乎心海觅渡，牵涉万物慈航。

成长的失落寄寓生命的奇遇，辗转的轨迹伸向世界的天窗。现实冷静的笔触本是要通往豁达、落实把握的，文本却自生缱绻，于是我们也得一道去感知笼罩在希望和信心之上的雾霭。寻找成长史的材料的预设被文学的魅力修改为诗性阅读，大抵如此。

蒋在很擅长描写，这实在是一个不可以轻易忽略的优长。描写是小说的时空感和生命依凭感的可靠证据，有时甚至就是故事内容本身的言说主体。描写，是现代以来小说几乎要丢弃殆尽的东西。现代对"个我"黑洞的探索，容易导向更广大更长远世界的迷失（近年人们忽然对科幻小说提起兴趣，大概就缘于科幻文学以未来为坐标在修复人对现实世界的忧患和对生命处境的深远想象）。而古典中对自然和"物我为一"的描摹，寄寓着对整全性联结中的生灵关怀。蒋在小说的奇妙之处，是从陈设、衣着到气温、气氛，再到自然生命的百态万象，这些与人的身心交融互映的一切，都有意味，并让眼神、语气、动作和心思真切清晰起来。闻得到苔藓上蠕动的气味、捕捉到在墙上移动树影的风、望得到鸟儿翅膀的扇面、就看得见他人肩膀上绒毛的金光、就听得见走在地毯上的自己的心跳声。所有危险的、疼痛的、挣扎的、疯狂的、忍受的、失落的、期待的、无法名状和心知肚明的——蒋在都以自然而然的描写细微地体察着记述着。好多作家写了好多年，总是处理不好时间和空间转换的交界处、沉静和激烈演变的临界点，而在这方面，蒋在的作品里不存在脱线飞边的败笔。因为高妙的描写，令文本耐看，让阅读耐烦。

蒋在小说中的事体、人物、经历和况味是相当独特的。这个毋庸赘述。想要说的是，这里活着经典文学的趣味和体统——挑剔中的宽怀如契诃夫，困境中的坚忍如雨果，变乱中的发力如罗曼·罗兰，四顾中的自视如里尔克，尴尬中的体恤如茨威格……读蒋在的作品，似能感知她曾多次有过的愉悦，从经典文学那里投射而来的夜光，每有一束恰巧打在欲言又止处，都使她心存幸遇的暗喜，于是无数具体的物象露出了可触的纹路，生发迷思甚至哀怜之感，悟出那些经由艺术的语言才可能传导的独属于文学的东西：有态度的开合，有难度的拉伸，有温度的疏密，有亮度的动静……

自带张力的故事就是这样的：暂停在某一句段，也仿佛具有了自动讲述的本事，涵纳无尽的言外之意。就像那彩色的工字钉，人物的手按下之后，初读时，纸上是简单的告示，再看，也许是写给自己也写给人类的信函。

　　蒋在的小说表明，小说的文体意识并非玄奥的玩意，它来自作家对小说这种文体的知情、敬重和新的赋能的自觉。小说的艺术体面和精神体统，就是这样充满活力地延展下去的吧。

举起灵魂伸向你

在此之前
为了留住你
我将献上
我所拥有的一切
一个没有珠宝穿孔——
少女贫乏的耳洞

一

二楼与三楼的落地窗上，有一个用黑色的白板笔画的物理抛物线。走过裸露的水泥楼梯，每次我都会踮起脚，减少鞋底叩击地面的声音。只有踏上楼层通道里的地毯，我才会完全放松下来。

我的电子邮箱里，只保留了他发给我的邮件，学习上的、私人生活上的，甚至包括我的写作，我能背出大多数他写的内容。

他的办公室往左面绕半个圆，在校长办公室旁边，门的侧面贴了一个方形的软木板，上面的透明工字钉是他的，彩色的工字钉是别人给他留言时按进去的。最上面写着：扎克·斯图尔特，人文系教授。

我更喜欢他的姓氏。他的生日比我早一周，这个让我想到了神示。去年他过四十八岁生日时，我给他写过贺卡。我曾问过他为什么不写诗或是小说，他说他在等一个缪斯。我告诉他里尔克说不要写爱情诗。第二天他在教室门口叫住我，手里拿着一张打印纸稿说，里尔克当然写爱情诗。

我接过他递来的稿纸晃了一眼里尔克的名字，转身快速地下楼，然后朝教学楼的侧面走去。那儿有一大片树林，雨后的阳光照进树林，苔藓上蠕动的虫蚁和空气里植物的气味，让我的心情松弛下来，我放慢了走路的速度。

"如何举起灵魂伸向你"，我不能确定这是里尔克的诗。我翻遍了里尔克的所有选集，也没有找到这句诗。

他的门打开了四分之三，下面用一个塑料塞子卡住门缝，不让它关紧。室内有五个书柜，上面放的全是精装本，统一的冷色调，跟他家里的一样。我能看到的有《莎士比亚全集》，《麦克·尤恩全集》。

要看着他的眼睛。我总在心里这样对自己说，因为我不知道自己，还能有多少次可以望着他的眼睛。

他喜欢穿蓝格子的衬衫，外面套一件 V 字领的毛衣，从不打领带。他的办公桌上放着咖啡色皮革商务公文包，可以手提或者斜挎，他从来都是手提。我知道公文包的牌子是 Kattee 牌的，我上网查过。

要看着他的眼睛。

他在对我微笑。我将脸转向窗外，光总是被几棵高大的花旗松树挡住，即使有阳光也只能透过枝丫照射过来。

"这些天没有下雨，听起来一点都不像斯阔米什了，是不是？"

他拿了一支黑色的钢笔。他用手撑住两端,让笔横在中间,又迅速地竖了起来。

"出太阳很好,下午可以去镇上买一束波斯菊。"

我的心跳在加速,每一个单词从嘴里吐出时,都像棱角分明的石头。

"也许你已经适应了上海的气候。"他将那支钢笔斜成了三十五度,钢笔折射出白色的光,"从温哥华到上海需要多少个小时?"

"十一个小时,如果风向好的话,有时九个半小时就能到,我也不太清楚。"

我注意到了他无名指上圆环状的金色戒指。

他戴在了左手的无名指上。我先前一直以为他离了婚。如果是在右手的手指就有别的含义。可是我并不介意,如果他不爱她。我希望是这样的。就像我并不介意他的女儿对我充满着莫名的敌意。

他的女儿在镇上读初中,短发,不是金黄色的那种,瘦弱,喜欢绿色。对人不太友善,可能是因为牙齿刚箍上了钢圈套。总之不爱笑,也不爱说话。她喜欢吃我做的沙拉。

有一次他邀请我去他家,他女儿也在。我给他女儿做沙拉,里面放了花叶生菜、紫甘蓝、小西红柿、玉米粒、洋葱圈,她从不放千岛酱。我把沙拉递给她,她看我一眼,坐在了壁炉前面的那块毛石上,不愿跟我们待在一起。

我和他在圆形大吊灯下坐着,他点好了蜡烛。他在腿上铺了擦嘴用的花手巾,用法语对我说,Bon Appetit。

她的女儿望了我一眼,透出一种蔑视。她端着盘子去了地下室。我知道她不喜欢我。她爸爸让我别在意。

"我要和我的妻子去巴黎了,去看我们的女儿。"

"她不是在你身边?"

"我说的是另一个。"

二

教学楼过道上铺的灰色地毯，总是让我有某种说不清的感觉，或者它能盖住一些外部的声音，让一个人走在上面时能听到自己的心跳。

同学在大声地叫我。他在二楼的教室里，他走了出来，我假装没有看到他，跟着同学一起抱着厚厚的几本书，走过他的身旁，想象他望着我背影的情景，有一股暖流涌进身体里。

如何举起灵魂伸向你。

真的是里尔克的诗吗？是他的表白？抑或只是证明里尔克是写过爱情诗的？那么有必要打印出来证明吗？这只不过是一个小小的不经意间的讨论，或者只是随口一说。里尔克的诗不是我必修的课，我只是那么一说。或者是想在他面前显示我的阅读能力。我不知道，我当时只是那么一说。

娅姆正在往房间的门上拼贴东西，她叫我把屋子里的几个啤酒瓶扔出去。我顺着楼道后面的小路往下走，前面有个废物堆放箱，同学们喜欢把不要的可利用的东西堆放在那里，也有同学会从那儿拣回自己需要的东西，比如床头柜比如衣服。我也在那儿拣回过东西。

不远处就是停车场，暑假就要到了，停车场里面的车挪动很频繁。车的种类很多，车牌上的归属地也变得更远，有的甚至是从纽约开过来的。学校里有一半的学生都从美国来。每当放假，同学的父母会戴着墨镜，穿着露出肩膀的Ｔ恤，打开车的后备厢往里面装行李。女人们肩膀上的金色绒毛闪闪发亮，而吸收了光线的雀斑却变得更加黯淡。另外的一半学生基本上是加拿大人，国际学生只占了全校的百分之五，且那些所谓的国际学生大多从欧洲来。所以私下里我们都说这所大学是全加拿大最"白"的学校，因为不光学生，就连老师也差不多全是白人。

在北美洲，所有的白人与生俱来有一种民族优越感。但在这所大学大多数人都是白人，那种优越感并不是十分明显。他们并不喜欢人人平等，所以就会出现一些类似于精英的团体。拉帮结伙这种现象走到什么地方都会有，根据身高、种族、口音、头发的颜色、冰上曲棍球，形成不同的小团体，这个一点也不奇怪。我们学校就有因为文学和艺术，形成的一个奇特的圈子，他们与众不同显得超凡脱俗。

他们是学校的一种现象，这个现象比我从前遇见的更特别。他们的出现像是一道光，给学校着了色。无论他们在学校的哪个角落出现，都会形成一种异乎寻常的情形。或者他们的贵族气派，像巨幅画卷摆在客厅的壁炉之上；像那幅《跨越阿尔卑斯山圣伯纳隧道的拿破仑》，骑的那匹白马发光的黄金鬃毛。

冬天下雪的时候，我常常和娅姆从后门绕出去，经过雪地去到围着栅栏的吸烟区。厨师也会从那儿出来，掐灭学生刚刚扔掉的一支烟头，扔进垃圾桶，从工具室里拿着铲子铲雪，将雪堆积起来。第二天黎明，我们会发现雪堆上的人面雕塑，那么生动的痛苦表情，总会让人感受到来自心灵深处的某种涌动。

学校停车库里的每一辆旧车上，都留下了他们的杰作。那些车子玻璃上的灰尘都是陈年的难以清理，经过他们的手再经过别人的拍摄，传到学校的社交网站上，让全校的人惊异他们生活的空间，竟然有这样的艺术家。我们在不经意间猜测着画画人的名字，他们有悲观的浪漫主义色彩，在人生的虚无之中，名字是毫无意义的，唯有艺术永恒。这样的讨论使我们的生活，多了许多艺术的色彩和氛围。

他们画美国知更鸟，加拿大黑雁。黑雁的翅膀，鸟羽的茎，中空且透明。仿佛只有高贵的风能够触碰他们的脖颈儿，他们的手指是那么的纤弱修长，虽然戴着手套但是抓东西仿佛很紧。他们开着奥兹莫比尔442，在学校休课的时间里飞奔在去美国加州的公路上。有时候，他们会把车停放在离教学楼不远的地方，几个人斜靠在车上，点烟时微微低下头，响亮的音乐从打开的车门冲出来。

他们神秘又不神秘，他们不参与时政，永远只谈论过去。他们也没有建立一些让其他人晦涩难以理解的"密码"，只为了和成员沟通。没有像美国大学那些所谓的兄弟会，或是姐妹会，有一些自己的勋章，以此来辨别成员。他们更希望没有人认识他们。

走进这个精英团体之前，一切是那样地让我感觉到望尘莫及。他们高冷排外不拘泥世俗中的种种行为。因兴趣爱好聚齐一帮人在一起的现象并不少见，而更加特别的是，他们不仅仅是出于这个原因才聚集在了一起，而是经过斯图尔特教授精心挑选的，正好他们大多数都是同一届的学生，他们很快就要毕业了。每一年斯图尔特教授，都要在全校范围内选拔和培养这么一帮学生，大约十个人，他们不仅要对艺术有敏感的嗅觉，且无论男女都要有脱俗漂亮的外表。

我就是在那时认识斯图尔特教授的。我和他们不同，我之所以能够融进这样的小团体，完全是出于他们的人道主义关怀。很多人对这个团体排外性进行攻击，我的出现恰好体现了他们的包容性，也堵住了其他人的嘴。另外，由于他们浪漫主义表达的本性，对神秘且遥远的土地有一种渴求性的探索，为了便于他们艺术的创作，我代表了他们还不曾到过，也不曾写过和表达过的东方。

三

我知道他会在楼上看我。

从他办公室的后窗那儿，可以看到我回家经过的小路。这是他告诉我的。

下午的时候，他告诉我说，我现在在办公室，你想在暑假前跟我交流一下吗？我一下乱了手脚，不知道该怎么去做。我该换衣服吗？化妆？我抹了嘴唇，发现颜色太过于显眼，又擦掉了。我围着教学楼转，心脏跳动的声音竟然那么明晰，想着每一步都在走向他，脚下的每一颗石头都在震动。它们都知道我在朝着他去。

我们坐下来聊天，聊我夏天的计划，聊他夏天的计划。我能感觉到他对他培养的那一批精英毕业的离去的不舍。他一直在谈论他和他们的过去，他们是多么的优秀，以及谁谁谁在《洛杉矶时报》上发表过什么文章讲了什么内容。他还给我看了上个假期他和妻子的照片。他的妻子并不美丽。讲到这儿，我觉得我该走了。我无法接受他毫不避讳地在我面前提起他的妻子。

"你不一定要走的。我只是不知道我的工作能不能做完。或者，你想一起吃晚饭吗？"

我并没有即刻回答，他看出了我的动摇，继续说道："我不太喜欢食堂的饭菜，我们可以去家里吃，这样可以吗？"

"那行，我们去你家吃吧。"

"你想现在走吗？"

"我可以等你做完手里的事，没有必要急的。我半小时后再回来。"

离开他的办公室，我快速地跑下楼梯，朝着操场对面铺满

鹅卵石的小路走去。我该怎么做？之前我答应娅姆一起吃晚
饭。我只好利用这半小时的时间去找娅姆，告诉她我不能跟她
一起做饭了。

娅姆听到我改变了计划变得很伤心，但如果我告诉她我和
斯图尔特教授吃饭，她会更伤心。教授的精英小团体是她一直
想靠近的，常常得来的却是那些人，藏在礼貌之中的冷漠和嘲
弄。他们不选娅姆而选了我，原因是娅姆是在加拿大出生的印
度人，在他们眼里她就是一个加拿大人，甚至她从来没有去过
印度。即使如此，她说她在这个国家依然找不到归属感。或许
是因为她父母的牵制，并且将她恋爱的自由范围，圈定在印度
人之中。在这样的自由之地，她的父母和其他的亚洲父母没有
什么两样。周末不允许外出，不允许随便带朋友回家，连自己
学什么专业都不能擅自选择。他们设定她必须成为一个医生，
对于医学并无兴趣的她，有痛不欲生的感觉。她对于我对于选
择我的学业有无限的自由感到荒唐，我们在交流的时候常常使
她惊讶地问一句："你爸妈不管的？"

我回去找他的时候，天色已经暗下来，暮色笼罩下的教学
楼，是那样地静穆。我的脚步声也粘上了暮色，它沉静孤冷地
叩在地面上，与我的心情形成对照。我站在他的办公室门口
说，对不起我来晚了。他笑着起身朝我走来，他像是早已准备
好了。

学生来他家吃饭再正常不过了，尤其是每周聚集他培养的
那群精英。我们以举办图书俱乐部为借口，每周日七点，带上
一本名著。有时去早一些还能吃上下午饭。我们买一些廉价的
食品和蔬菜，去到他家喝名贵的红酒。有时他还会给我们提供
经费，我们就会开车到另一家更远的超市里去拿两只烤鸡。他
一点也不介意同学们的表现，一次又一次地发出邀请。

冬天围在灶炉边上，我们读《战争与和平》。托尔斯泰为

了体现俄罗斯贵族的日常生活，常常在对话中写法语。这并不能对教授或是这群精英造成困难，他们读到法语部分时，从不停顿，以纯正的巴黎口音，而非加拿大魁北克的法语口音，大段大段地读下去。我很少出声，如果我说我完全听不懂，就会扫了大家的兴致。当读完一个章节，出于礼貌，教授会找人给我翻译成英语。这样的方式虽然是出于关心，但常常让我十分尴尬，仿佛所有的缓慢都是为了我一个人。甚至让我觉得，他们没有读俄语是出于对我的照顾，否则他们就能完整地体验到原文的优美。

他对我额外的关心，并没有让我误会他对我有什么暗示，或是对我有任何非分之想，而是为他良好的教养而深受感动。如果要用一个词来形容他，那么一定是高贵，是我这一辈子也不能妄想靠近的高贵和优雅。他举手投足之间透出一种欧洲皇室贵族的气质，让人想起玉帛或华丽丝织品上的光泽。即使落寞了黯淡了，也依然保持着高贵和尊严。

我们每读一本书，就会在书中尝试寻找出一种关于自己的定位。教授是我们的核心，是图书俱乐部的发起人，我们仰仗他，所以他总是无可避免地幻变成书中的主角。主角的美德与吸引人的魅力，在无形中增添到了他的身上，渐渐地这虚拟的形象，不可磨灭地塑造在我的心里，连现实生活中他偶尔所表现的不一致，都被我内心的想象抵制和否认了。

冬天的黄昏，雪覆盖了停车场，初秋就一直停在那里的雅马哈摩托，头盔里歪歪斜斜地装满了雪。红色的消防栓光秃秃地露了半截，门前用砖块隔出的花圃范围早已被雪淡去。只剩下一棵光秃秃的树，单看树干很难分辨出那究竟是一棵香柏，还是花旗松，树干像拆掉了一半的拱门。他们带着俄国人的仿兔毛帽子，边缘及其里料用的锦棉纺与平绒，像鸵鸟的背部后面的鸟毛高高向上拱起，身影从一排排的树后渐渐显现。那个

样子像是从陀思妥耶夫斯基的《白痴》里出来，刚下火车的梅
什金公爵——过膝大衣里，还透着隔壁旅人潮湿的汗气，汇合
着火车喷出的蒸汽，走到车站的角落，将红木质地旅行箱放在
脚边，为了摸出左边衣服口袋的烟斗，而如今取而代之的是手
上的酒。

他们常常拿着半瓶威士忌酒进门，在晚饭前喝上两杯，说
那才是真正的烈酒。喝得半醉半醒之后，在午夜开车回家。路
上没有一辆车，没有一个人，他们在转盘处急转弯，即使碰
撞，抛锚，想即刻死去都是值得的。

"猫呢？"进屋后我故作镇静地说。

"在那里等着你呢。"他指向沙发的一角，那只黑白相间
的猫，在沙发的靠背上静静地坐着。

我们都笑起来。他递给我一条围裙，给了我四个苹果，六
个红萝卜，让我切开。

他给我开了一瓶红酒。他问我："你母亲漂亮吗？"

我笑着不置可否地点头。

"比你还漂亮吗？"

"当然。"

他举起酒杯轻轻碰了一下我的杯子，只是象征性地碰了一
下，然后说："这一定会很难。"

我微微偏了一下头，为了掩饰心里的慌乱，我没有朝他举
起杯子，而是歪过头自己啜了一口酒。口红印留在了杯子上，
我想用手去抹掉它，却又畏怯地将杯子放到桌上。他知道我心
里想什么吗？他一定是知道的。为了掩饰心里的慌乱，我故作
镇静地取出两张餐巾纸，一张放在手里，一张递到他面前的
桌上。

接着他问我是否去过欧洲，问我在巴黎有过恋爱吗？在意

大利遇见什么人了吗？我没有回答他。我想问他，难道你不明白吗？我看着留在杯子上的口红，心里酸酸的始终没有开口。因为我知道如果我一开口，我就会哭出来。

他点上蜡烛，我请他为我弹钢琴。他最喜欢是肖邦，为此我将所有肖邦的曲目背了下来。不仅如此，我还训练自己的耳朵，分辨圆舞曲、序曲，还有夜曲，当我听上一小段，基本控制在前十秒之内，我就能够准确地说出是肖邦的哪一首曲目。我对自己的耳朵很满意。

"你想听什么？"他说。

我尽量显示出不经意的样子，略假思考后说："肖邦降 B 小调夜曲一号，第九卷一。"

他在钢琴前坐下来，在回过头来看我时，身体微微前倾了一下。然后他的手开始在琴键上寻找、起落，哗啦啦如疾风划过水面波光的漾动。我发现我的手心出了汗，心脏也被提到嗓子眼上来了。我试着让自己松弛下来，在他的手慢下来轻柔地落在琴键上时，音符开始融化转而又升温，冰融于水，清幽且明亮。

我看着他挺直的背脊。流动的音符成为时间的缝隙，而此刻的他是嵌进夜曲里闪动的灵光。我的心融进冰里，化成水在月光下浮动。我知道那一刻，是他怂恿了乐曲朝着幽冥的夜色中潜行。

我看着他，突然间我想到了他的死亡。如果有一天我连他的墓地在哪里都不知道，这有多么悲伤孤绝。我的手又出汗了，握着的纸巾变得潮湿。我发现他的头发在慢慢变白，虽然他已将两鬓剃得短小，遮住了将要满头白发的迹象。但他的嘴唇却失去血色，在喝了几口红酒后，才又显示出几分活力。

我不停地想象着他死去的情形。想着他的手变得惨淡，再也握不住一支笔了，合不上一个信封，写不下我的名字了。想

着面对他的死，我手足无措，想着他墓碑上的字迹，无法更改
的年月……

我甚至想到了我该用母语还是用英语，伫立在他的墓前
哭泣。

> 请你再慢一点
> 如果你已慢了下来
>
> 我的心，我的意志
> 是什么使你恐惧
> 你说的哪一句话，哪一个字
> 或者哪一个动作
> 让我感觉到
> 你升腾中的销蚀
> 在此之前
> 为了留住你
> 我将献上
> 我所拥有的一切
> 一个没有珠宝穿孔——
> 少女贫乏的耳洞

四

放完暑假回来，夏天虽然还没有完全结束，却已经有了秋
天的景象。学校周围的荒草因为没有人修剪长得很茂盛。到了
晚上十点，天仍然微微亮着，打开屋内的灯，外面的蚊虫看见
亮光，不停地撞在窗玻璃上。

我迫不及待地想要在开课前见到教授，可是却找不到任何

理由和借口，我只能希望在外散步时能够偶遇到他。但这样的可能常常是微乎其微，但我还是每天在黄昏来临的时候，独自走在通往树林的小路上，听各种各样的鸟叫，看它们飞过蓝天和树梢，在昏暗的天光下往回走。

鸟的叫声越来越黯然，像是要镂空夜色来临前的寂静，镂空他们离开后的学校。他们毕业了，学校对于我来说像是突然空了似的，无论走到哪里都像是有缺口，虚空了一个人生命似的缺口，是不是也在消融着时间，这个是我惧怕的。所以我盼望着能早一点回到教授的小团体中。我幻想着新的团员，能够像从前的他们那样，能够真正地理解我对艺术的表达，能够像他们那样让我感觉到生命理想的恰切和交错。我可以跟他们谈论我们都能理解的人生、文学和艺术，在我有限的人生经历中，只有他们会懂我在说什么。而不像在寝室里面对娅姆和艾玛，她们对我说的文学艺术没有兴趣，即便在我与她们偶尔的交谈中，虽然也显示认真听和表示出赞扬，我知道那只是出于礼貌，她们很快会找到合适的时机打岔或转移话题。

大四的生活会是怎样的，我并不知道。我只知道一年之后，我跟她们一样，将永久地离开这里。这个令人伤感的时间和感觉，似乎是突然显现出来的，让人产生无能为力的挫败而深感沮丧。这个新的学期我和娅姆、艾玛还有波特，搬进了比去年更好的独栋别墅。每个人新配了两把钥匙，我把它们挂在脖子上生怕出门时忘记，而将自己锁在屋外。一把是寝室的大门钥匙，另一把是我卧室柜子的钥匙。钥匙的挂串是 PU 人造革，我把它拉起来的时候，它从我后面的帽衫蹿进了脖子里，冰冰凉凉的一条线，紧贴着皮肤。

两把钥匙长得一样，我没有给它们做任何标记来区别。我试了第一把。大多数时候，第一把总是错的，钥匙进了锁孔无法转动，我很少有试了第一次就能打开门的。这一次也一样。

我试着敲了敲门，没有人在家，我换了第二把钥匙。门边有一个鞋盒，像猫砂盆，不过是浅口的。所以我们鞋底的泥沙，免不了还是会落在地板上。

这一周不是我负责清洁房间。

我平时喜欢一个人在家将音乐开到最大声，并且会跟着唱，我听不出来自己唱得是好是坏，没有人告诉过我。我不能在她们面前听英文歌，她们会在背后议论说我被"西化"。她们不知道亚洲人也懂流行。特别是娅姆，她挑剔地对待亚洲人，可能是为了报复她父母对她的那份严厉。

我把书包放在书桌上。这是我固定的书桌。客厅里有两个书桌，另外三个人共享一个。因为娅姆说我是国际学生，东西很多，几个收纳箱里放不下，可以腾到桌子上。娅姆决定着我们这个家大大小小的事务，洗洁精的牌子，拖布的颜色，而我们就只负责去买。

我们两个人一个卧室。和我一个房间的室友也是国际生，是一个泰国人叫波特。娅姆和艾玛并不喜欢她。波特是个自然主义者，不喜欢冲马桶，也不喜欢洗衣服，换下来的衣服挂一段时间又拿出来穿。我们住在一起之后，才发现彼此并不真正了解对方。但可以肯定的是，波特也一直都对我没有什么好感。

波特也是图书俱乐部中的一员，她原先高我们一届，由于她中途休学了半年，不得不降级到和我一届，这样虽然我们成为同一届，但她又会比我们早半学期毕业。

波特出现在图书俱乐部的原因，想来和我也差不多——为了体现那群人的包容性，甚至为了迎合那些非盈利组织机构所提倡的"人道主义救援"。像我们这样的两个人，本应该互相排斥，为此我们心照不宣，互不排斥和伤害。后来因为我对艺术的见解，以及她们对我的接纳，还有她们对我艺术观的赞同和欣赏，在图书俱乐部偶尔"中心"的原因，她也只好用亲近我的态度来跟我交往。不然，我们俩怎么也不至于成为朋友。虽然我向往着与她和解，即使我们之间并无矛盾。

我们成为室友的原因来自她当时同届学生毕业之后，她的孤立无援。她的交友并不广泛，比她小一届的学生中，她认识的除了我没有别人。所以当学校让每个人上报寝室室友时，她来问了我。向往和她和谐交往的想法，占据了我的心，我立刻就答应跟她做室友。毕竟我俩将是图书俱乐部老成员中最后剩下的在校生。今年还会招新人，我和她在俱乐部的时间待得长了，以前那些需要被他人照拂的关系，也许就此摆脱了。我不仅答应了她，并在心里奇怪地萌生出一种期盼——我们会和睦相处。

我从中国回来的那几天，她给我画过两幅画，一张贴在厕所，另一张贴在卧室门上，下面用中文写着"欢迎回家"。即使这样，我们友善的关系也没有持续多久。我们的刷牙时间，洗衣服的次数，晚上上床的时间都不一样，更加实际地恶化了我们本来就不友好的关系。以前的恶意，不相容我以为都是靠假想出来的，而如今想象也变成了现实，甚至更糟。她将所有脏衣服塞在床底，她的床离暖气很近，衣服烘烤出一种难闻的气味让人睡不着。我起身拿自己装衣服的篮子，将她的衣服全部拉出来，放在卧室门口。她回来之后，我假装在卧室看书，心思却全不在页码上。她把衣服抱了进来，放回了原来的位置。把篮子放在了我的床边，始终没有抬头看我，出去时将灯关上了。

我和她之间近距离相处的彼此不适，给我们整个寝室造成了一种冷战的气氛。娅姆和艾玛走过我们房间，会用非常警觉的眼神朝我们看一眼，像是看一个爆炸物，生怕不慎祸及自身那样。我始终觉得委屈，当着娅姆的面哭过，这个时候只有她会迎合我，她喜欢倾听别人的争执，从中寻找到一种，她自身不敢去尝试的战斗式的快感。我还没有讲到她将脏衣服又放回卧室的事，娅姆转动着眼睛珠子朝我使眼色，示意我波特已经回来，我坐在客厅背对着她，听到了她掏钥匙换鞋。

我没有回过头去。我心里有怨气，更不想她看见我哭过，为了避开她我朝厨房走去，装作清理水池，我本想回房间，如果那样我跟她之间的一切就过于明显了。

"我刚刚已经去二手商店，买了空气清新剂，如果你觉得卧室臭，你就往我衣服上喷。"

她悄然无声地走过来站在我的身后，讲完这句话之后，看见我在哭，就进了房间，去拿环保纸巾给我擦眼泪。这种纸是灰茶色的，造纸粗糙，只有食堂才有，是她去食堂偷来的。她递给我纸巾，将进门时还没来得及放下的不锈钢水杯，放在厨房的水池边上，我听到一声清脆的响声。

看来娅姆之前就把我出卖了，我这样想着心里有些羞愧。她坐了下来，摸着我的背告诉我："一切都会好起来的。"

此时她像一个圣徒，而我们只是一群，为了使她的圣洁凸显出来的凡夫俗子。我并没有意识到她对我的同情，是出于她觉得我可怜，是个处处不如她的弱者。反而觉得内疚，为我所做过抱怨过的一切。

我把身子向后挪，为了看得到她的眼睛："真的吗？"我的意思是你会离开我们，搬到别处去住吗？如果这样所有人都会知道我们的矛盾，被留下的那个人总是被动的，大家会对我做人的方式产生怀疑。

纸巾被我紧紧地拽在手里，我感觉到擦过眼泪之后，纸屑粘在了眼角下面。

五

开学一个月之后，我也没见过教授，他既没有在我们集会时出现，也没有发任何一封邮件，暗示他要为他的小团体选出一些新的成员。这让我每天都感觉到空洞，他们的离开使得学校失去了那种特有的生趣，再没有了往日在某一处惊喜的发现，一个奇特的图案上印着的飞鸟，人类变了形的身躯，一个附着了时间和记忆的表情，我甚至连他们中的一个名字都不知道。

我望着窗外，树叶开始飘落，秋天的小雨打在玻璃上。艾玛推开我的门，只伸一个头进来，她小心谨慎地叫了我一声。我放下手中的书回过头看着她，她朝我摆摆手，示意我到客厅去。我正在为完成论文而焦头烂额，我不知道艾玛怎么会找我。她是一个从不说长道短的人，加拿大人的和平主义在她身上体现得十分充分。随时随地都会说对不起，在很远的地方看见有人来了，就会为别人拉着门。当然这在我们之中成了她的弱点，我们常常对她说三道四指指点点。很多事情我们都可以怪罪于她，比如洗洁剂用完了，我们说她为什么不早点提醒大家。她会说对不起，下次一定留意。虽然我们知道这并不是她的错，却忍不住要这样说。

她的礼貌并没有为她带来相应的尊重，反而人们将此看作她的软弱。艾玛礼貌又害羞，抬起头来看见她湖泊般蔚蓝的眼睛，在金发的映衬下变得更为深邃。她的五官与白皙的皮肤无时无刻不透出一种柔来。唯一不相称的是，她金黄色的眉毛中间夹杂着一些棕色。金发在北美洲无时无处不受到一些优待，因为那闪闪发亮的颜色，是中产阶级及以上的特征，多少带着些许远逝的贵族血统。但因为艾玛软弱的性格，让很多人无视了她金发所该有的特权。

我合上书，将电脑上没有完成的作业，重新保存了一遍走出去。艾玛在客厅背靠着墙等我，她的一只脚不安地来回划着。在这个房间里紧张的，不仅仅只有艾玛还有波特。洗手间的门半开着，可以清楚地看到波特在洗手间对着镜子化妆。艾玛靠近我还没说话，就先紧张地叹气，我的注意力在波特身上，波特的举动一反常态。

艾玛看着我有些急促，这是她的常态。她的善良本应凸显出我们邪恶，爱说人坏话的恶习，既不利人又不利己，毫无意义却不思悔改。但她爱给别人制造紧张消极的气氛，与她那良好的品性正好相抵了。她像是一个不停制造压力和释放压力的黑洞那样，让我们沉浸于她制造出来的无穷无尽的压力之中，弄得我们也都要患焦虑症了。

她会为了证件照照片尺寸不符合旅游申请表格，而打断我和娅姆的学习，让我们想办法。却不会想到，她只要用剪刀将照片四周裁剪一下，就能符合标准。她时常徘徊，伴着阴雨，为了三四个月以后的事显得忧心忡忡。刚刚开学就会想到期末考试自己没有精力应付，每天对着我们忧心不安。简直让人受不了，尤其是娅姆受不了在家时要承受父母的压力，到了学校还要忍受艾玛。

波特出来了，空气中有一股香味。她从我的身边绕过，她在身体或者衣服上喷了香熏精油，那是一种薰衣草的提取液，和她房间里的薰衣草枕头一个味道。艾玛期盼地望着我，她在等我把目光从波特那里收回来。我心神未定地看着艾玛，她难为情地笑了笑说："我该怎么办？你说。"

她露出一脸羞怯，就像平时我们当着她说别人的坏话一样紧张。我一直在等她诉说，她是为了何事而如此慌张。但她迟迟不肯开口。我移动了一下身子，做出准备离开的样子，她用手轻轻拍了我一下说："教授约我们去他家吃晚饭。"

我像是遭遇了击打一般，头皮发麻。我怕艾玛看出我的不适，努力镇静下来。教授邀请聚会，我怎么一点不知道？他为什么不叫我？

"我该穿什么衣服？"

艾玛问我。

我心意迷乱，人像是坠入云雾中，身体正在往下沉。艾玛像是觉察到我的慌乱问我怎么了？

我说："教授只邀请你一个人吗？"

艾玛笑起来说："怎么可能？上过他课的人他都邀请了，他说我们可以带上自己的朋友去，你一起去吗？"艾玛平时对于人际关系不关心，她根本不知道从前的图书俱乐部，不知道已经毕业了的精英团体，更不知道我曾是教授家的常客。

我帮着艾玛挑选好衣服，波特在我和艾玛对着镜子抹口红的时候开门出去了。

"难怪她打扮得像要去约会一样。"

说这样的话时，我有点气急败坏。波特意识到这是第一天的聚会，会有一些新的学生将来被挑选进图书俱乐部。今日的打扮和姿态，在很大程度上能决定将来新的社员对她第一印象，以及将来在俱乐部中的地位。

我感觉到自己的心脏，被一股燃烧起来的火焰灼烧，它朝着心脏以外蔓延，我的整个身体陷了进去，我努力控制着自己。艾玛羞怯地低下头，从卷筒纸上扯下一截，去捡掉到地上的头发。

去往教授家的路上，我没有跟艾玛说话。波特身体上的味道，以及她的举动一直在我心里回旋。踏上通往他家的草坪时，我的心开始激烈地跳起来，我想到了离开，想到我毕竟是不请自来，脸一阵阵发烫。可是想见到教授的念头，使我并没有停下脚步转身回去。我深吸几口气，我发现艾玛也在吸气，她甚至还惊慌失措地四处张望，旁若无人地拿出手机，停下来照看自己的样子。

我们按响了教授家的门铃。一个不认识的女孩开的门，通过她的肩膀，我看到教授拿着红酒绕过餐桌。波特正在做沙拉，她倒千岛酱的时候，抬起头冲进门来的我们礼貌地笑了一下。

同学们将做好的东西摆上桌子，圆顶吊灯从铺满木料的屋顶垂直下来，我们按照顺序坐了下来，将盘子旁边的刀叉从手帕中拿了出来，把手帕搭在腿上。我环视一周坐着的人，除了波特和艾玛我都不认识。这里至少有一半的人是美国人，全世界只有他们会左手拿叉子，然后将刀放下，又将叉子换到右手边。

教授举起酒杯的时候，我们的眼睛碰在了一起。他的眼睛永远是那么和善深邃，隐藏着探之不尽的东西，让人怦然心动。我突然就忘却了，他没有邀请我的羞恼。

饭后，教授为我们弹琴，他弹的是理查德·克莱德曼的成名曲《水边的阿狄丽娜》。我坐在离钢琴稍远一点的地方，波特站在教授的后面，她面无表情地站在那里，我甚至怀疑她是否听到了琴的声音。

我在想到底是众神赐给了雕塑生命，还是孤独的塞浦路斯国王？抑或是塞纳河流淌的速度和晚风，成就了理查德·克莱德曼。艾玛移动身体，我们的距离更近了一些，以至于我在琴声缓慢的隙缝里，能感觉到她在紧张地吸气。

这不是大家熟悉的曲子，教授弹完几个小节后停下来，给我们讲在古希腊神话中，维纳斯出生的时候，是站在贝壳上从海边慢慢被海风吹过来的。

有人推开了窗户，外面的草坪刚刚修理过，风将草茎裸露的香味吹进了屋子里。大家离开桌子坐到地板上继续喝酒，我坐在靠壁炉的台子上，静静端着酒杯。

那个夜晚，《水边的阿狄丽娜》一直在我的脑子里萦绕。我甚至认为那是教授专门为我弹奏的。

六

斯阔米什迎来了雨季，七天中有五天都在下雨。从窗户向外望去时大雾挡住了视线。我和娅姆在艾玛的精神萎靡催化下，像感染了病毒一般，心情抑郁。

她们俩总是在一些小事情上针锋相对，虽然艾玛用了极度柔软的方式，也让娅姆感觉难以控制情绪。娅姆的父亲对娅姆的期望很高，希望她学有所成，每一次都能拿到好成绩，为了将来的研究生做充足的准备。艾玛弄得她心神难宁，在屋子里走来走去，显得萎靡不振。

受天气的影响我也很忧郁，我知道我心里装着教授，情绪在这样的雨天里郁滞，像天空中化解不开的雾霾。自从上次聚会之后，我已经很久没有见到他了。

听说教授对上次前来聚会的新同学并不感到满意，十分怀念那已经毕业了，也就等于永远消逝的小团体。他们再也不会成群结队地出现在教授家门口。没有人知道他们毕业之后去了哪里。为此他还在前不久请了两天病假。这不是唯一让教授黯然神伤的原因，谁都知道如果新选的这些成员候选人并没有之前的优秀，就无法真正支撑得了这个小团体的灵魂，那他苦心孤诣延续下来的传统就自我瓦解了。因为文学、哲学甚至历史学科在大学里逐渐边缘化，没有人在意他们的存在，甚至有一些教授嘲笑这些专研文科的教授是"无用的自恋"。

娅姆坐了下来，拿起手机预约心理医生。我们一年中所交

的七百块医疗保险，有两次看心理医生的免费机会。为了不让
我们交的医疗保险白白浪费，我还忍痛去拔了四颗根本不需要
拔的智齿。

心理医生的预约最早只能排在下周五。

"等到那时，我都早郁结而死了。"娅姆放下手机，把腿
跷到右边。

艾玛走过来告诉我们，图书馆里放了一种探照灯，像一个
小的暖风机那么大。探照灯照射出来的是白炽灯光的颜色，据
说是学校为了缓解学生压力治疗忧郁症所购入的仪器。图书馆
里一层楼就只有三个。我们听到这儿，仿佛抓住了救命稻草。

我们搜罗了整层楼，将三个探照灯插上插头，放在桌上对
准我们的脸，在那里看书学习。我们没有想到，我们成了三个
忧郁病患者，没有人靠近我们的桌子，这让我和娅姆感觉很不
愉快，因为他们都把我们当成病患。娅姆总是在家里将所有的
不快发泄出来，艾玛总是退让，她将回屋的时间一推再推，目
的是让娅姆看不到自己。

但只有我知道娅姆的不安并不完全出于艾玛。

从她不再像过去一样对教授的精英团体饶有兴趣，对我问
东问西，我就察觉到了她的改变。

她恋爱了，而且还是一个她不该爱上的人。那个人不是印
度人，还是一个从埃及来的穆斯林。他有没有真正爱过娅姆，
我并不知道，我只见他对娅姆和其他女孩微笑的方式一样。也
许是因为他想在公共场合隐藏他和娅姆之间的关系。所以他一
切对娅姆亲密的举动我都是从娅姆处得知的。他什么时候说想
她了，什么时候关心她每天的日常生活，甚至什么时候说来我
们房间里和她看一场电影的日期，娅姆都一一告诉我了。尽管
我从来没有在我们屋里见过他的影子，我也不信他们俩之间的
关系是娅姆自己编造出来的。

　　以前他没有公开和娅姆之间的关系时，娅姆也从未显得如此在意而变得闷闷不乐。因为她也不想让任何人知道，免得让她的父母知晓。然而，他今年退学离去，给了娅姆重重的一击。

　　他并不是从此消失了，相反他常出现在新闻和电视上。他善于制造时事，利用自己是穆斯林的身份，先是在巴黎的袭击过后，去到巴黎地铁站，找到自己的几个不同种族的好友，手拉着手，分别在脖子上挂着自己的来历，他的脖子上挂着的白板写着，"我是穆斯林，来自埃及，你愿意给我一个拥抱吗？"他左手边拉着一个法国人。一个法国人在穆斯林恐怖袭击自己的城市过后，竟然选择继续信任他们，还牵着他们的手！这件事被人拍成视频发到社交网上，笼络了早已经疲惫甚至伤痕累累的法国人的心。无数人为此感动得向前拥抱他，并为此落下了两行热泪。

　　他之后被采访，当他说他现在住在加拿大时，许多加拿大人都为他感到自豪。而在巴黎的举动只是一个开始。不久他飞回加拿大，去到加拿大首都渥太华，在议政厅外面等待加拿大总理特鲁多的接见。

　　在巴黎和渥太华的风头并没有让他浅尝了名誉的甜头后而就此罢休，他有更大的野心。他接着又做了一件匪夷所思的事情，他回到了家乡埃及。向政府提交诉求特别许可他攀登埃及的金字塔。如果埃及政府同意，他将会是首位官方许可攀爬金字塔的人。

　　他的行为震惊了学校的同学，当初流传的关于他各种各样的绯闻又再一次出现了，但是没有人知道他和娅姆之间的事。这其实令娅姆感到沮丧。她也就再不信守当初要保密他们之间关系的承诺，她告诉每一个她认识的人，给他们看他们以前互相发送的短信，在一起的合照，但没有人相信她说的是真话。

　　每个人都在竭力回忆每一个曾与他交往的细节。他负面的绯闻渐渐不再有人谈论，只剩下那些关于他零星小事中所体现出的伟大，那些早就被学校同学发现的品质，以此来证实他如今的成就他们早就预料到了。连最初有人说他是被学校资助的贫困生的谣言也不攻而破，如果他家毫无背景，他怎么可能与政府扯上关系。起初，他的事迹在一段时间里成了学校教授和学生之间谈论的光荣的事，但后来他似乎变得越来越大，好像与我们这个学校，这个镇脱离了关系，我们容纳不下他，他就再也与我们无关了，与娅姆也无关了。我们就渐渐淡忘了他，但娅姆却永远也忘不了，甚至奢望有一天他会因为她放弃一切，回来找她，向其他人证实她所说的一切都是真的。

七

这是一个清朗明静的早晨，学校周末放假，娅姆和艾玛都回家去了，屋子里很安静。长期的阴雨之后，太阳终于出来了。

我是在一缕阳光中醒来的，那缕阳光射在玻璃上，刺得我睁不开眼睛。

通向阳台的门敞开着，波特迎着从树梢倾泻下来的光芒，她静静地站在那缕光中，赤裸着身体。我像是被天外飞来的物体击重头部那样，有些眩晕。她裸体透明，肌雪如冰。我甚至相信是她肌肤上放出来的光芒让我睁不开眼睛的。

我不敢发出一点声响，闭上眼睛佯装睡觉。我担心任何的打扰，都会使她以及那个光芒四射的早晨化为乌有。她像古典主义时期画中成熟的女神，头轻轻侧起，她的目光不在自己暴露的乳房上，而是将注意力放在站在自己身旁同样裸露的爱神丘比特手中拿着的箭上，透露出了一种怜悯。

这一幕我没有对任何人提起过，甚至于娅姆。任何事情到了娅姆那儿，都会变成另外的样子和目的，她才是真正的我所了解的亚洲人。

后来我才知道，那天我所看见的波特透出的光是一种女性之光。因为我之后有一次在我们卧室自带的厕所垃圾桶里，发现了一个撕开了的避孕套包装袋。

她是在什么时候带男人进来的呢？她为什么没有事先问问我的意见？擅自将男人带进了我们的房间。衣柜她关好了吗？我的内衣是不是敞在了外面？敞开的那一件是什么颜色的？他知不知道她的室友是谁？

我感到被轻视被侮辱。那个早晨她留在我脑子里所有关于美的记忆消失一空，我又羞又恼，就连上一次在她的面前哭，都变得不值得，剩下的只有怨愤。

我不愿再多和她说一句话，我的冷漠她第一天就发现了。但她并不介意，我行我素地将脏衣服放到床下，翻找出另一件并未洗过的衣服。我以为她又要将脏衣服穿上。可是她回过头来看了我一眼，然后将手里的脏衣服拿到洗手间去洗。

波特变了。至少她洗衣服的次数比先前多了。

我又开始责怪起自己，因为波特似乎是在为了我而改变，愿意洗那些从来不愿洗的衣服，为整个卧室的环境做出贡献，似乎她是在为她上次私自带男人回来对我造成的冒犯在尽力补偿，她为我做出的努力让我感动。作为交换，我想告诉波特她有美丽的肌肤，美轮美奂，甚至告诉她，在她那样美丽的肢体面前，我感到自己羞怯又抬不起头来。我想试着跟她谈起我爱的他，这是女人之间最能够拉近彼此距离的话题。可她总是沉默，不经意地看着灯投在墙上的光影，风掠过窗户时，能听到树叶摇动的沙沙声。

我在她的沉默里，回想着一切，想着他看着我从房子背面的小路上走过来，轻轻将头抬起。想着从他的手指上流出来

的一个个音符，想着《水边的阿狄丽娜》，想着我水中孤独的
国王。他的手怎么可以起落得那样华丽？我想这首曲子一定
是为我而弹的，我想他也一定有着跟我同样的心情。波特当时
也在场，她肯定也知道，只有她可以向我证明他是否爱我，可
是她也许不会明白什么。这样的想法很快又被打消，让我倍感
煎熬。

波特坐在我身边，她的心思不在屋子里，更不会在我的身
上。她有心事，她一定会对我说的话毫无兴趣。我们坐在一
起，就像两列开向不同地点平行的火车。现时的陪伴是出于
无奈。

波特每天早出晚归，我们几乎看不到她。她再也不会在意
这房子里发生过什么，我甚至怀念起我们俩的争吵或是勾心斗
角，我意识到她并非是为我而做出了任何改变，她现在对我
的态度只是视而不见。其实我多希望她能够将之前对我的不
满爆发出来，可是她没有给我那样的机会。波特跟我们的距离
越来越远，她的存在如同一个影子那样在我的心里移动，无法
把握。

波特抱着书从走廊那面走过来，她把头发盘了起来，显出
了她的清瘦。她瘦了。我正在往瓶子里面插我在外面花圃里摘
的花，她从我身边走过去了。她身上散出来的植物味，有一股
枯竭之气。

"你究竟怎么了？"我终于鼓起勇气问了她。

"没事。"

她不会在我面前说出自己的想法。如果病痛可以掩饰，她
定会那样做。可是她病了，她掩饰不住，她面色如土，并且开
始呕吐。

晚上波特回来时，我还没有睡，她会先打开厕所黄色的那
盏灯，再关上门。蛋黄色的灯光从门缝那透出来，在地板上形

成一个立体压瘪了的长方体。我听见她呕吐的声音，接着盖下马桶的盖子，按下马桶边上的冲水阀。

她出来的时候，总是先打开门再关上灯。灯照着我，我总睡不好。我突然想到了怀孕，我想娅姆和艾玛也一定听到了，她们会怎么想？

白天我们已经看不到波特的影子，她再也没有提起图书俱乐部的事，像是就此永远忘却了。夜晚入睡后隐约能听见窗户外，她打开外面大门的声音。她会先进卧室，换上睡衣再去厕所洗澡。有时候太晚，她洗澡掉在卫生间的头发，就不会及时清理，总要等到她第二天起床后。

偶尔我在厕所刷牙赶去上早课，她会直接推门进来，把厕纸叠成两层，蹲在地上从左边擦到右边，她会说抬起脚，然后把头发卷成一个圈，扔进垃圾桶。她以前总是丢进马桶用水冲走，后来马桶堵过一次。她就再也没那样做了。

她拿出钥匙，发现大门没有锁，拧了门把手进来。我听见她把脱下的鞋放在了地板上，而不是浅口的"猫砂盆"里，估计是因为鞋已经放满了。

我从床上起来，踮起脚尖，把卧室的门轻轻地扣上。不一会儿，她打开了卧室的门。

她发现我没有睡就问我能不能把灯打开？

"可以。"我坐了起来。用被子遮住身体，我已经脱光了衣服。

我看着她。她拉开了衣柜的门，把衣架上的衣服卸了下来，扔在了床上。又背对着我，蹲在床头柜前把里面的信件拿了出来。接着又拉开了第二层抽屉。

她并没有在意我。

"我们聊聊。"

我把身体向前倾了倾。

她转过头来看着我，发现我是认真的。她站了起来，坐到她自己床上。

"聊什么？"

我拉了拉被子，将两只胳膊放在了外面，坐直了身子。

母亲说通过一个女人的身体信息，可以判定她生的孩子是男是女。我看着她的脸，想象着将来站在她身边的孩子的模样，我想她一定会生一个女孩。

可是她家的女孩已经够多了。

她母亲和三个不同的男人生了三个女儿。

说起来她的母亲其实是一个中国人。十九岁的时候从云南去了曼谷。谈了一场恋爱，结果男方家里觉得她是从云南来走私白粉，便切断了他们之间的往来。她为他生下了第一个女儿。后来，她母亲带着第一个女儿嫁了人，生了第二个女儿，也就是我的室友，在她四岁的时候，她父亲死了。直到二〇〇四年，她母亲嫁了一个台湾的商人，又生了第三个女儿。

她母亲爱喝日本清酒，很少有清醒的时候。到现在这个年龄，已经表现出了对两性关系的淡漠。

她母亲让她和我多练习中文，说我是她的同胞。她从前问我中国国旗上是几颗星星。我觉得她不够真诚，转过脸去说了别的。

她说："你不想说国旗的事情？"

"我想问问你关于斯图尔特教授的妻子，你上次提到，他们去泰国时你接待过。"

我看了她一眼，将脸转向暖气片的那一面墙。

"那个犹太女人？为什么？"

她皱起了眉头。

"好奇，就仅仅是好奇而已。"

"一个优雅的犹太女人。"

她拿起桌上的杯子，从抽屉柜里拿出一袋速溶咖啡。从卧室里走了出去。她的声音并没有停止。

"扎克的妻子是不可替代的。她目光犀利，头脑冷静，世上好像没有能让她开心起来的事情，她头发很短。"

她又走了进来，将咖啡杯放在床头柜上，大概比划了一下扎克妻子头发的长度。我把眼光落在她的肚子上。

我们一起陷入沉默之中。

"他们会离婚吗？"

说出这句话我就后悔了。

她迅速地看了我一眼，我感觉背脊起了一股寒气。我抱紧双膝将头歪斜在上面，等她回答。

"哈，好像他的学生对他总是有好感。你不是第一个和我说这个的人。总之，他对每一个人都那样，让人容易误会，尤其是你这样的。"

"我什么样的？"

我对她即将要对我发表的判断和看法有一种抵触。

"你还是处女吗？"

"为什么要这样问？"

我感到不适。处女一词从她嘴里说出来，便带上了一股泥腥味。让我感到人们说起雏鸟时，就知道它飞行的速度或者高度，远不及一只成年鸟那样。

"我上大学前也是处女。"

她的嘴角挂着一丝轻松的自嘲似的笑。

我想说，我知道，因为你怀了孕。但我没说话。她嘴角向上弯曲，稍稍笑了一下。

"我以前和你一样，喜欢上了一个教授。"

她在两个句子间有三秒的停顿。

"哪一个？"

“你没有必要知道哪一个。”

“我都告诉你了。你如果相信我……”

“教物理的那个教授你认识吗？”

“做物理实验的那一个？很高的？卷发？夏洛克？”

教授的名字并不是夏洛克，只是他长得像本尼迪克特·康伯巴奇在英国电视剧《神探夏洛克》里饰演的角色。大家都这么叫他。

“对。他就像是我的亲人。”

她躺了下去，不再看我。

“所以你知道我的感受？”

“他不一样。他在这个学校很孤独。没有朋友，他身边只有他的妻子，还有他的两个孩子。他看重这份教职，以至于……”

“以至于什么？”

“我不能说。这牵扯到学校内部。他会被开除。”

物理教授在她口中，是一个完全可以想象触手可及的男人，而非只是一个教授。我能够从她的描述里感知到，那些雄性轮廓清晰的线条在黑暗里上下颤动。

我甚至能感觉她肚子里的孩子，就是那个物理教授的，而不是什么同学的。这也许就是她不再出现在图书俱乐部的原因。

我上过物理教授的课，大一的时候，基础物理学是必修。他每天早上会拿着几个黑色文件夹，还有一个手工的咖啡杯进来。他有时会忘记事先通知去物理实验室上课而非教室。上课十分钟后，他才匆匆忙忙地出现在门边喊道：“我忘了说，去实验室。”

我无法想象谁会爱上这样一个邋遢且生活没有规律的人。

她歪过头对着我，但她却看着别处说：“所以，你想让扎克离开他的妻子是根本不可能的事情。像他们这样二十五年的婚姻，永远不可能。更何况你没有这样的本事。”

"你怎么这样说话？我什么时候这样告诉过你？"

"你知道我说的全是实话。"

她依然不看我，站了起来，抱着她的衣服去了客厅，把卧室的灯关上了。

教授精英小团体的聚会不再像过去那么频繁了。波特因为怀孕的原因也没有再出现过。我成了唯一见证了两届成员差别的学生。这群人的确如同谣传所言，显得木讷又不机警，他们害怕教授，常常只是听教授说，唯一的回复就是感叹与赞同。连声附和让我都察觉到了教授对他们毫无个人思想可言的反感。他们还有一个令人厌恶的共同特点——贪吃。教授家里从不吃剩菜，每次吃不完的都会倒掉。当他们知道这个习惯后每一次将教授聚会时的食物通通吃完，如果没有吃完会从包里拿出一个饭盒打包带走，做第二天的午餐。虽然他们也问过教授他们是否可以把他要倒掉的东西带走，教授出于礼貌说当然可以。但是没有想到他们会真的这么做。在这一点上，完全地破坏了教授家里的餐桌礼仪，教授的高贵受到了侮辱。他们吃完后起身站起，将菜盘端起，也不管那时教授是不是在讲话途中，用刀叉把盘子边缘的汤菜小心翼翼地刮到自己的饭盒中，他们在还没有结束餐宴前就用眼睛留意住了自己想要哪盘菜，只等随时起身。从前教授家里的餐桌上坐的是一群高傲的"狮子"，每吃一口都会用大腿上铺好的餐巾擦一下嘴，生怕粘在嘴上的污渍在和别人说话时令人不适。而现在坐着的是一群饥饿没有礼数在荒野里分享猎物的"豺狼"。

八

我意外地发现我和波特之间不能言说的相似之处竟让我感觉和她有一种从未有过的亲近。只有她才能理解我对爱情痛苦的煎熬，我不再对她充满怨气，反而对她有一种我对自身的怜悯，但我也说不上喜欢她。她刻意保持的距离与冷漠让人望而却步。

那天下课回来，我和娅姆发现外面的大门没有锁。娅姆皱着眉头转过来看我，示意我可能屋里会有异样，因为我们离开时艾玛还在图书馆学习，她不可能回来得比我们还快。

我们加快速度，几乎是同时推开门的。屋子里兵荒马乱的情景，顿时就让我们瞠目结舌。这是我们难以想象和接受的，波特的家人果然从泰国来了，来参加她的毕业典礼。波特由于当时只休了半年的学，比我们都要早半年毕业。

但我们没想到她家里竟然来了这么多人，像是占满了整个屋子。我记得波特之前向我们轻描淡写地提过，说她的家人会来参加她的毕业典礼。但没想到他们会住进我们家里。

她们没有将鞋扔进鞋盒，全东倒西歪地散在地板上。除了地上的行李箱，还有几个打开了的编织口袋，我不知道泰国也卖这种东西。她们把我们的餐桌移开，让厨房腾出了更大的位置。房间变得陌生起来，像是进错了门。

波特的母亲和妹妹在厨房做午饭，刚插上电子灶炉煮上面条。用的还是娅姆柜子里的锅。

她们的妈妈给我们打招呼，她的姐姐打量着我们不说话，之后又埋下头看着她最新版的《Vogue》杂志，这一期的封面是安妮·海瑟薇。海瑟薇在电影《一天》里，故弄玄虚的蹩脚英式发音，让娅姆很反感，但我却听不出来。

她们三姐妹都有自己的长相。她姐姐化了浓妆，不用凑近就能看到，她的发质不是很好，发梢毛燥还分叉。只有妹妹长得最像她母亲，虽然显得稚嫩，但是能看出贫穷中的几分倔强。

娅姆看了一眼躺在沙发上的姐姐，敷衍地笑了笑，直接走进卧室，夸张地跨过她们才打开还来不及收拾的行李箱，摔上了她卧室的房门。

我和娅姆一样生气。我不知道波特母亲，还有她的姐姐妹妹会来。但因为她母亲和妹妹会说中文，我却显得不好意思在她们面前发脾气。她们也许并不知道我和波特的关系紧张。

波特的母亲看着我笑。

"吃点面条哦？"

她的发音带着泰国人的腔调，最后一个音调提上了去，软绵绵的。

我只好暂时背叛了娅姆，礼貌地站在那儿。

她妹妹从锅里挑出面条，又打开娅姆的柜子拿了一个方形的白碗。她母亲蹲在行李箱前面，拿出了两盒蛋卷。上面写的是中文，下面有一行小字写着泰文。

"你选一盒，另一盒给她。"

她母亲指了指娅姆关上的房门，走到她小女儿身边，又在柜子里拿出了一个碗。

我留下了芝麻蛋卷，敲了两下娅姆的门，径直推开了，给了她肉松海苔蛋卷。

"给你的。"

她躺在床上玩电脑。她看见我进来合上了电脑，站了起来，把我拉到她卫生间里去。

"她怎么可以这样做？都没有事先问过我们。如果她事先问过我们，我或许还会说可以，但现在她们在厨房用我的锅！她穷也不至于这样！你给她说，不行，不能在这里住。"

娅姆总是把我当作她和波特之间的传话筒，好像波特听不懂英语。说的是中文，真的成了我的同胞。完全忘记了我和波特关系也不好。

"我会告诉她的。"

我并没有开口。我不知道怎么给波特说。将她母亲撵出去？那么她母亲会怎么想那一盒芝麻蛋卷？

娅姆中午在食堂碰见我时拉着我的手臂问："你到底说了没有？她们到底还要在这里住多久！"

我只好对她说今天找个机会说。就连艾玛表现的焦虑也让我感觉到咄咄逼人，尽管艾玛始终沉默。直到此时我才明白，娅姆和艾玛她们是站在同一条线上的，而我和波特，才是真正要跟她们区分开的。我不禁想到我父母来时，她们会用什么样的态度对待他们。

波特的家人来后，她和她姐姐睡到了客厅的沙发上，她母亲和妹妹和我一个房间睡她的床。早上醒来，一睁眼不用看，我就能感知到她的妹妹正睁着大眼睛看我，像是看穿了我全部的秘密，怀疑我究竟能不能做出那些事来。

她的母亲也醒了，走进来摸了一下她女儿的头。

她们发现我也醒了，为了避免尴尬我说："早上好。"

"早上好。"

她妹妹的眼睛依然没有离开我，这让我感觉到不适。她母亲弯下身去捡起她妹妹头天夜里踢到地上的衣服。

"你可不可以带我去参观校园，我睡不着。"她妹妹用中文对我说。

我迟疑了一下，站起身来走到外面的房间对波特说出了那句在我心里憋了很久的话："你妈她们在这里还要住多久？"我想起她曾经对我的伤害，所以说这些话的时候比我想象中容易。

波特站在厨房里，没抬头看我，只是把洗碗海绵挤出水，丢在一旁，两只手在衣服上擦了几下，转身进了卧室。

"我会让她们搬到我朋友的公寓里去的。"

我无话可说地在客厅里转了一圈儿，有些尴尬。

第二天下课回来，客厅里的行李箱搬走了。浅口"猫砂盆"边上的沙土没了，她们走之前打扫过。扫把靠在冰箱旁边，卧室里连她的衣服和床铺都没了。白色的单人床垫上留下了一个睡袋。

她的睡袋皱巴巴的。

晚上，波特拿着两个 60cm×120cm 大小的亚麻布画框回来了，那是她的毕业作品。我们正在客厅里作业，娅姆握着一个水杯，她要去取水，看到波特便停了下来。娅姆喊了一声艾玛，不知道她为什么要在那个时候喊艾玛，艾玛没有在屋子里。

波特把两个画框放在门边，脱了鞋，把袜子塞进了鞋里，直接进了卧室，将门关上。

她没有给任何人打招呼，埋着头。娅姆盯着她，一直到她进屋。才又走到水池边接水。

波特摆在最上面的那个画框里，画了一个中指，白人的手。她用了超现实主义，手指的骨头和肉看得一清二楚。

我举起那个画框，对着娅姆笑："娅姆，给你的。"

娅姆把椅子上的脚放了下去，她也笑着反问我："你为什么要一直举着一个镜子？"

娅姆的幽默让房间里的气氛稍有改善，我们俩人尽量忘记伤害她还有她家人的事。

九

雨点从厚重的枝丫上持续不间断地掉进泥土。一些矮小的蕨类植物躲在高大的树下，被完整地遮蔽起来。但也会突如其来地被一两滴雨将它们打落，迅急地没了踪迹。

下个月他又要去法国看他的女儿了，和他的妻子，幸福的

一家人。这一点谁也不能改变。我仰着头看他，他问我有什么
不适。没有不适。我只能将对他的那份爱藏在心里，在当他问
起我为什么哭时，我永远不会对他说出心里的感受。

　　我把我写好准备给他的诗捏在手里，希望一切都会过去。
"他不过是划过我生命表面的一道痕迹，我是如此的年轻。两
年，还用不了两年，只要我毕业了，这一切对我来说都将不再
重要。"我反复对自己说。

　　四月底的天开始黑得很晚，到了夏令时，过了八点之后，
天空才变成暗蓝色。乳白色的天空中飞来鸟群，它们的队形，
形成一块竖起的画板。很快，乳白色天空之前的断层消失了。
灯在窗户上被映照得更加明显。时而又会造成一种错觉，让我
感觉到飞鸟快要撞上了玻璃。它们接近玻璃的时候，迅速地向
上抬起身子，以一种极其平稳的方式滑过屋顶。

　　娅姆在自动售卖机旁边取了一杯咖啡。

　　晚上风变大了，家门口不知道从哪里吹来了蜂巢的残片，
被娅姆一脚踢开了。

　　夜色的暗蓝从天空透过来，似乎再也无法抵挡。

　　我们晚饭回来，房间里没有开灯，我们都以为波特已经
走了。

　　我推开卧室的门，她发烧了。我看见摆放在床头柜上的温
度计，显示出三十九度二。

　　我愧疚地靠近她，卧室里除了床头柜上放着一瓶常用的抗
生素，床的周围收得一干二净，只留下从前她用来挂相片的麻
绳，从窗户的一头系到另一头的窗帘杆上。以前她还在床头挂
了一个，她从不丹带回来写着藏语念作"唵嘛呢叭咪吽"的彩
色经幡。她说这个经幡能够帮助人清除一切欲望，堵塞六道之
门，超脱六道轮回。如今她也把它取了下来。好像宗教，轮回
这样的概念对她早已不重要了。

她蜷缩在睡袋里，身体扁平，像突然间缩了水。我无法想象她的肚子里，还有一个孩子在蠕动。

如果不是看见她稍稍显露的头部，没有人会知道她在睡袋中。

我拉开衣柜，她醒了过来。

"我想喝水。"她并不是要我去给她倒水，她要我去买一种叫作"能量"的饮料。我知道那种饮料，每次看学校里的运动员，打完球总拿着那种瓶身。我不相信那种东西，况且液体还是蓝色的。

"要两瓶。"她翻了一个身，头又多露出来了一些。

"你吃晚饭了吗？"

"现在这个时间还有吃的吗？"

我们回来的时候，食堂已经关上了门。

"柜子里还有你妈妈给我的芝麻蛋卷。"

"我想喝水。"

如果我们没有赶走她妈妈，或许照顾她的就不应该是我。我出了卧室门，去了娅姆房间，她躺在床上吃冰淇淋。星期五是我们的冰淇淋日，无论春夏秋冬。

"你能不能去帮她买两瓶"能量"？她在发烧。"

"凭什么我去买给她？"娅姆没有好气地说。

"看在她怀孕的份上！"

"他妈的，这事又不是我搞出来的。你就不能好好说话？"她站了起来，身体离开了桌子。

我们心照不宣，我知道娅姆跟我一样心怀不安。娅姆用力合上电脑，把冰淇淋丢进了垃圾桶。走到衣帽架边上，从包里翻出了车钥匙，套了一件大号的帽衫，那是她爸爸的衣服。

"真是狗屎！"娅姆把我留在了她房间里，关上了灯。

波特一直睡在黑暗里。夜色的暗蓝透过卧室百叶窗的叶片落在窗台板上。我给她烧了一壶热水，放了姜汤速溶剂。虽然她不吃姜，但现在这样的情况，她应该什么都会接受，为了她和她的孩子好。

我扶住她的肩膀，使她能撑住身体喝下姜汤。她的身体很烫，而且在颤抖。我的心也开始哆嗦起来。我怕她今晚就要死去。她还没有原谅我对她的伤害，怎么就能先死了呢？

娅姆推门进来，递给她两瓶"能量"水。外面投进来的灯源一下子让我们的卧室缩小了。波特缓慢地坐起了身，从床头柜的第二个抽屉里，翻出了几个两元硬币。在手板心上数了数，又从床边捡起她脱下的裤子，从裤子口袋里翻出了几个一元的硬币，放在手里伸向了娅姆苍白地说："谢谢你。"

娅姆和我给她留了一盏微弱的台灯，关上大灯，轻轻地带上了门。

娅姆问我："她是不是快死了？"

我无言以对。

夜晚，窗外蝉鸣的聒噪离我们越来越近，像是它们飞进了屋内，藏在了隐蔽的地方。阳台外的探照灯上方有飞来飞去的小虫。它们的生命就是如此，夏天之后，就要注定灰飞烟灭。

十

飞往曼谷的飞机在二十九日下午。她和她的家人一起就要永远地离开这里。

飞往巴黎的飞机在三十日早上，AC846。他每年都要和他的妻子，乘这个航班去与他的女儿相见。

二十九日早上，雾气笼罩着校园后面的森林，看不见山后面的道路有多远。我曾经无数次从那条路上走下来，他站在教学楼通道的拐角处看着我，我迎着一缕阳光走着。我假装没有看见他，而他一定是知道我其实能看见他。

九点半时，天开始下雨。

我走出门，雨下得不大，但也不小，一时半会儿不会停下来。我又折回去，跑向阳台把我的帆布折叠椅收起来，怕把它淋坏了。

二楼与三楼之间的那条物理抛物线，被人抹去了 X 轴和 Y 轴，没有用白板擦，不然不会遗留模糊的痕迹。

有人走在水泥地上，磕托磕托地响，像是在空谷里摇晃的马铃碰见了金属缰绳的声音，清脆而坚锐。电梯的开门声响了。楼道里没有人，电梯里面的人等了一下，身体向前倾按了"关闭"，电梯上的显示器变成了数字"4"。

波特和她母亲拉着行李箱向我走来。由于是地毯，行李箱的万向轮在上面滚得并不顺畅，她们拖得有一些吃力。

她母亲抬起头来看到了我，冲着我笑了。波特比昨天看起来有了一些血色。她也在对我礼貌地微笑，似乎昨天我对她的照顾，又让我们和解了。或者她意识到她就要走了，从此她再也不用见到我，这不免让我们彼此有些感伤，还有对彼此的歉意。所以她也在尽力对我表示友好。

"所以你们准备好了吗？"我停住了，等她们靠近。

"是的。我们刚刚和他见了面。"

她用了指示代词，不用说名字，我知道她在说那个物理教授。

"你妈妈喜欢他吗？"

她母亲听到了"妈妈"这个英文单词，知道我们在谈论她。她朝我笑笑，把头转向她的女儿，等着她翻译我们在说什么。

"有什么不喜欢的？你知道人们都喜欢谈论自己，他一直在问我妈妈在泰国的工作和生活。"

她伸手摸了摸她母亲左边的肩膀，示意并不是什么重要的话题，她不用等着她用泰语说一遍。她母亲将头转向我。

"所以他知道了吗？"

波特摇摇头。

"你妈知道吗？"

"知道。"

"你妈知道他不知道吗？"

"知道。"

她母亲像是突然想起了什么，把行李箱平放在地上，拨弄侧边的密码锁，拉开拉链，拿出了三盒圆形罐头。

"吞拿鱼哦，你拿去吃。我们带不走了。太重了。"她母亲把东西递给我，又退回去把行李箱关好。

她的手从身后的行李拉杆上滑了下来，左脚向前迈了一步。

"那么，就再见了。"

波特抱住了我，像我第一次在她面前哭的时候那样。我们终于又回到了从前，但是应该不会再见面了。

我感觉有一个生命，正透过她的肚脐眼在看着我。

我向左走，绕着楼层走了半个圆。在地毯上走路没有声音。他办公室侧面贴的方形软木板上有新的留言，彩色的工字钉下面还附上了一张今天早上的《城市报》。他的门开了四分之三，塑料塞子不见了，他用椅子顶住了门。

他的咖啡色皮革商务公文包，放在了写字台的旁边。办公桌上放了三个水杯，他正在收拾，将杯子里的茶包扔进了垃圾桶。

他要走了，我只是想来和他告别。

写字台再往左一些，上面放着叠起来的彩色经幡。

我朝门边后退了半步。

　　我的身体开始颤抖，我感到我咬痛了自己的指头。
我的眼泪就快要流出来了，转身快步跑下楼梯。

　　我打开一扇窗户，看见了一只蜂鸟。

虚　度

一

　　我用胳膊夹着《圣经》，两只手自然相扣坐在面包车后排。像一个年轻的预备牧师，充满着希望。

　　开车的珍妮已经上了年纪，我们是在教堂认识的，她热情开朗。每周日都会来接我和法塔去教堂做礼拜。因为珍妮，我时常想起离世多年的姥姥，她若是活到珍妮这个岁数，会不会像珍妮一样满头银发，对死以及上帝充满信心？

　　我总是想哭。转过脸看到珍妮的一个侧面，我也曾这样看过姥姥的侧面，总是担心她会突然死去。她们的眼皮因为衰老耷拉下来，从旁边看不见她们的眼球。珍妮上个月生病时面容干枯，神情僵化地完成手中的拼图，我以为她永远不会好了，我甚至预设了她再也不能开车来接我们去教堂，这个差事得找到适合的人填补空缺，至少得花上一些时间。我想我能在空闲的那几个礼拜日睡到十点，她会从当地的医院转入城市的大医院里去，那里设备齐全；我甚至想到了我会因为去见她最后一面，而坐两个小时的公交，打开手机导航仪在交错的街道中央，找到她所在的医院探护室；想到她的葬礼我穿着黑色的衣服，站在雨中，其实脑子里全是姥姥姥爷在殡仪馆的情形，冻雨淅淅沥沥地下着，铺天盖地的绝望记忆就是寒冷。

可一个月之后，珍妮从容地开着车调转车头迅速自如。疾病的影子除了加深她脸上的皱褶之外，没有削弱她的半点活着的意志。她常常笑着说自己一点也不老，头发不到五十全白了，她们家人就她这样。我和法塔相视而笑，我们对她的年龄并不在乎。

雨天，珍妮会把车停在离我们那栋楼近一些的沙石路上。否则我们要走上一截，鞋子会被雨水打湿，珍妮认为那样去教堂会让我们感觉不适，凡是让人感觉不适的事情，都要尽量减少，以确保一个人的心情安然舒畅。

道路上骑自行车的人从我们车窗外向反方向飞驰而过。路边的刺醋栗花开了，一路都是，像是突然间蓬勃起来的那样，有些炫目。天亮前的那场雨下得很急，空气中有一种植物混着尘土打湿后的气味扑面而来。

说实话我对教堂的人有一种本能的拒绝，但是我还是坚持每周去一次教堂，这不仅可以解决一个人身在异国的孤独感，而且我更希望能在国外的教堂，消去存在心里的隐痛，国外的教堂在我心里离上帝更近一些，或者因为地理因素，或者还有无法令我释怀的人为原因。

死亡记忆，无法抹去。十四岁时，我还是个少年，我的姥姥姥爷就都选在了那一年离开了这个世界。记忆变成痛感埋伏在骨头里，随着时间并没有变软，反而更加尖锐，有时会让我浑身的神经都扯在一起。初次见到珍妮，更加重了这样的感受。坐在珍妮的车上，看着远处，脑子里时常浮现姥姥满头是汗，她鼻尖的毛孔冒出黏的汗液，头发像是刚洗没有吹干，仍然飘着一股舒肤佳洗发水的清香。一群自称为基督徒的人围绕着她，让她向上帝祷告。让她告诉上帝也告诉我们，她从此成为一个基督徒，再也不参拜佛像。姥姥烧了一辈子的香，敬了一辈子的佛，大汗淋漓狼狈不堪地被一群好心的教徒围绕。那时我的姥爷在重症监护室，他们说上帝可以救我的姥爷。

上帝可以拯救我们。不知道我的姥姥她真的是不是就信了，她举起了手，在《哈利路亚》的声音里我看到我的姥姥在发抖。她在发抖。我不知道上帝是不是真的能拯救姥爷或者我们。我站在重症室过道上，看着那一切，我的脑子里浮现出《圣经》最后面通往耶路撒冷的地图。交错的网线，通往一个神秘的去处，我认为那是天堂的必经之路。有一个时期，我每天凝望着标识着去往耶路撒冷的曲折线条，盘着腿坐在床上学着向神祈祷，我只对这个线路图感兴趣。

而法塔不一样，她始终相信上帝对她有神力。能够响应她的一切需求。我无法准确地说出她是否完整地看完过《圣经》。每次她也只是试探地问我，你这周读了吗？她这样问我让我觉得读《圣经》是个短期的有针对性的行为。也许她也害怕自己的回答给我否认她不虔诚的机会。她和母亲打电话的时候是用英语，她会汇报她每周都去了教堂。她曾因别人对她说法语而恼怒，那些人常假设所有的黑人都来自法国殖民地。而她从牙买加来，她对中国人有特殊的敌意。她说中国人在牙买加横行霸道，侵占他们牙买加人的利益。

她问我："你和他们一样吗？"

我紧忙摇摇头。

法塔和我只有在星期天才见面。星期天是我们一同上教堂的日子。她不去教堂的时候，我也会找借口告诉珍妮我这一周也有事，无法去教堂她不用来学校接我了。每一次，珍妮夫妇都在电话里为我感到惋惜，他们以为我的灵魂生了病。他们会为我祈祷，甚至给我邮箱里发《圣经新约》里那些可以使我灵魂得救的话，让我感觉到自己的确得病了。

我怎么可以找借口来回避对自己灵魂的医治和忏悔？

不去教堂除了法塔的原因，还有就是我不喜欢珍妮的车，有一股大型犬味没有清理干净，残留的臭味。这说明平时珍妮喜欢把她们家的狗放在车上，并不在意清理。每一次坐她的车，透过车窗外的越来越亮的天光，我们能看到车厢里漂浮着的细小的纤维，我想那些都是狗身体上的绒毛，有时在吞口水的时候，能感到口腔中有异物，用舌头将它离析出来。

"哎，你注意到了吗？他们说我有中国人的鼻子。"

坐在我身边的法塔在汽车上坡时转过头来问我。

"什么是中国人的鼻子？"

我看着她的鼻子，一个普通的跟她的脸型比起来，略微短了一点，却无大碍正常的属于她的鼻子，想不出它和中国人有什么关系。

"就是又平又扁的东西。"

法塔把眼睛移到窗外，对着一束光，她笑了，她的牙齿被点亮了一样出奇地白。车身摇晃了一下，法塔伸手来摸我的鼻尖，又再碰碰自己的鼻尖。她鼻尖上的粉刺从黑皮肤上冒出来，像装在麻袋里的黑豆米。

法塔的话让我不愉快，她已经不是第一次用这样有明显国别标志的语言说话。实际上她是最不该有种族或者国家歧视的人，因为她没少受到民族歧视的苦痛。可她偏偏喜欢口无遮拦地表达，我有时甚至认为那或者是一种自嘲。

最开始没有人对上帝感兴趣，只有我和她，还有一些其他第三世界来的留学生。国外真不如我们在国内想象的那样，外国人有信仰，每个人都手捧《圣经》，在恰当的时候说一句："上帝保佑你！"上帝对他们更多的来说是一种文化背景，或是已经构成了浑然天成的文化脉络，从久远的时间里一直流淌，成为他们不用记忆的记忆背景。他们已经忘掉了上帝，或者上帝也只拣选他需要的人，那就是老人和孩子。

"为什么学校里只有我们来教堂？"我问法塔。

"因为只有中国人和黑人需要救赎。"

我与法塔的眼光相碰时，我躲闪了一下。面对我怯懦的惊慌，法塔早已习以为常。法塔讲话从来都是莽莽撞撞，不知避讳，她像是从上帝那儿得到了过于常人的胆量。

珍妮加快了车速，我们都沉默下来。我想起克里希那穆提说过，我们寻找的原因是因为我们没有安全感。妈妈为什么在姥爷临终前，在只能是几分钟的探望时间里，妈妈抬起姥爷的手，求他向上帝祷告？

四个月后，我的姥姥也去世了。姥姥的离去，对我一直是个谜。多少次我试图从妈妈那儿获得姥姥离开的真相，妈妈总说那样她就不再痛苦了。这个话有很多玄机，像是深不可测的暗夜里飞行的不明之物。每当这时候，我就不敢再往下问，那既像是妈妈的秘密，又更像是我的。如果揭开秘密，世间一切就都会变成黑暗的了，我们将无路可走。

二

太阳已经出来了，照射在远处的沙地上。驼背，驼背又来了，我看到他时，他正走过远处的一片矮树丛。这个不信教却总是来教堂的怪人。他不跟任何人说话，只躲闪在长长的门廊下，弯着腰挡住牧师。实际上牧师很高大，他说话时得仰着头牧师才能听得见，所以我想无论他说了什么，也许牧师一次也

没有听清过。他固执地挡着牧师的路，使得牧师不得不开口与
他说话。

　　驼背参加过战斗，尽管这场战争仅仅持续了九十多天，那
是一场高科技的现代战争，一九九九年的科索沃战争，无论驼
背在哪里参战，他都是一名真正的美国士兵。他找了一个在教
堂长大的女人结婚，那女人一生的目的都是希望能够改变他，
可是他直到她死时都仍不信教。

　　他总是会在教堂的门廊上一闪，躲进某个拐角处等着牧师
从什么地方走来，像一道阴影横在屋廊下。

　　"驼背很久没有来了。"

　　我看着驼背晃动在太阳光下的身影，自言自语地说。

　　"驼背会来的，他不会错过复活节。"

　　法塔一直闭着眼睛，她胸有成竹的样子，让我稍有不适。
法塔喜欢和人打赌，逢赌必赢，猜测的事情永远不会出错。就
算她闭着眼睛，也能猜测出发生了什么。

　　珍妮拐弯时放慢了车速。我们的车开过教堂后面那块木栅
栏围出来的沙地，再往前的矮树丛里，长眠着的都是虔诚的基
督徒。这片墓地靠近教堂，成为常来这个教堂做礼拜的基督徒
死后的愿望。驼背的妻子就葬在这儿。只有虔诚的基督徒为教
堂做出贡献的人，才被允许葬在这里。

　　我们很长时间没有看到驼背了，记得那一次我在门廊的拐
角处碰到他一次，他刚刚从墓地的沙地上插过来，走在门廊
上，他的裤腿上还粘着红色的花粉。经过他身边时，他斜着眼
睛看我。他身体里总是透出来一股腐败的东西，像是一种冥顽
不化的杀气，让人产生敬而远之的逃避感，丝毫没有年龄所带
来的和蔼可亲。驼背其实并不像我们称呼的那样驼，他只是背
脊左侧受到过难以恢复的创伤，一只肩膀比另一只肩膀高耸一
些，使得他整个身体只能歪着。

他的故事也如同他本人一样，弯曲不平疙疙瘩瘩，细碎地散布在教堂的角落，供人们在做完弥撒后喝水歇息的时间里，草草地谈论几句，以此作为消遣或者灵魂攀比的放松。在我的想象里，凡是参加过真正战斗的军人，骨子里都会透出一种别人没有的，虽偶然停歇却依然向着四面扩散的正气。这种认识来源于我同样上过战场的姥爷，他的骨子里就散着那样的正气，让人觉得年老的他既慈祥又方正。可是，驼背的身上却没有这样的气息。

一九九九年的科索沃战争，驼背炸了一个飞机制造厂，我想这或者是一个惧怕战争的人，对自己英勇无畏的想象。之后南斯拉夫军队用高炮在科索沃北区击落一架战机，那个死去的飞行员，是驼背的哥哥，这些充满传奇的故事，让驼背的命运像深陷在迷雾中的峡谷那样弯曲而不可思议。对于那场空前绝后的轰炸战，我始终没有进一步想了解的兴趣。战争结束后，驼背患上了本该科索沃土地上的人民患上的战后创伤应激障碍症。

实际上，教会的人对战争本身并没有任何兴趣，他们更想说明的是，驼背患上一种奇怪的病，像着魔一样的病。政府对战后人们心灵的重创，永远也无法负责任。

只言片语的传言，如风吹过，没有人会放在心上或者追究其真伪。悲哀的是驼背不信上帝，一个不信上帝的人偏偏找了个笃信上帝的妻子。他的妻子对神和救赎深信不疑，耶稣有一天会归还我们曾失去的乐园。驼背怎么会相信这些，他除了不信上帝还沉浸在血腥的焦虑里，所以这是水火不相容的两种灵魂，这样的灵魂没有增益对方，反而在相互损耗。所以他的妻子选择了离开他，离开是没有办法的事情，是对双方都有好处的选择。

驼背似乎一度消失在人们的视线里，他再出现时，已被诊断出患上了晚期肝癌。他仍不信上帝。一个不信上帝的人，来教堂向牧师提出了一个让所有人震惊的要求——要求死后和妻子葬在一起。他的脑子一定出了问题，否则他不可能提出如此要求。

"葬在教堂后面的墓地？"

法塔第一次听到这个话的时候，反应有点过于夸张，她把眼睛瞪得很大。

"是的，这非常荒谬。"

珍妮的脚一直踩在刹车上，汽车在靠近教堂时速度非常慢。她打开左转向灯，我在嘀嗒嘀嗒的声音中，回过头去看那片遮挡在树木中的墓地。

社会对心理创伤欠缺包容和补偿，无论是受虐者还是施虐者。驼背战后怕见光，连新年的焰火声都会令他焦躁不安。珍妮这样说的时候，总是从后视镜里向外看，沙地上鸟群飞过。

可怜的驼背，一个不相信上帝的人。他的妻子在过去的岁月里无数次尝试着让他认识上帝，把他的过去交给上帝，让上帝来帮助他走出困境。还让驼背在教堂附近的圣约翰高中做保安，但他却在那儿交易冰毒。

珍妮在进入车位前，有一对夫妇牵着他们三岁左右大的孩子过马路。金发的小男孩挣脱妈妈的手，拦在了我们车前。珍妮把车换成了停车挡，以防止任何意外发生。金发男孩的母亲快步走向前，把她的孩子抱起，给我们让开车道。为了缓和气氛珍妮说："他们两夫妻必定喜欢蓝色，你看他们一家人的外套和车身。"

停车位的线应该是刚画的，白色的警戒线和柏油路相间的间隔十分明显。在白色警戒线的前端，有一轮弧形的黑色的轮胎印，是有人在油漆未干前，车压线造成的，十分明显。

珍妮将车停入固定车位中，所有的声音在突然间停歇下来，有那么一瞬珍妮屏息而坐，我们也停留在她的等待。空气中充斥着的粉尘，有些刺鼻，珍妮将头顶汽车的遮阳板拉下并戴上了墨镜。

太阳从云层中透出的光柱，很快移到教堂后面的树林里去了。

"不管怎样，一个爱辱骂上帝，几十年冥顽不化的无神论者，都不该来教堂。即使别人不说，但是他也应该知道这一点。"

这一次珍妮的声音里有了很多情绪，受她影响我对驼背的行为也有了反感。

三

我们站在茶水供应室门廊外面，珍妮举起透明的玻璃器皿，短小的手指紧紧握住像白色大理石一般的罐子手柄。她慢慢朝我靠近，将水倒入我的空茶杯中，像是施行洗礼者在受洗者的头上浇水，神圣而不可侵犯。我歪着头背开阳光的照射，珍妮轻抚我的肩膀，表示一种对晚辈的安慰，从我身旁绕开走了出去。我转头过去对她笑笑，身边没有一个人是我认识的，我感到心慌，四处寻找法塔的影子。法塔在和另一个人说话，从法塔的表情我能感觉她对正在说着的话题并不感兴趣。她的两脚向外撇开，心不在焉。我走了过去，和她站在一块儿。那个人略带倦意地冲我点头致意，似乎是感谢我让她有机会脱离这场谈话。她拍着法塔的肩膀说："看来我得让你们俩有点私人空间了。"仿佛她的离开是为了我们俩好，为了我们能够自如地畅所欲言。我小心地四处观察，别过身子凑近法塔的耳朵说："为什么我们总是来得最晚？"

我感觉到了我的胆怯，声音小得像蚊虫，我不知道是不是下车时珍妮的话让我感觉不适，她的话不仅仅是针对驼背的，她对动机不纯的人怀着愤怒和鄙视。法塔用一只手压住杯子，热气从她的手指缝里冒出来。她动也不动，对我的问话很久才做出反应。

"因为只有新鲜才能使人积极。"

法塔的话让我懵懂了一阵，她总能说出别人意想不到的话，像一根划过事物表面的针那样，令人不适。

大家开始在门廊下走动，这里除了我和法塔，都是白种人，而她和我不同，她的自信和藏于心中的勃勃野心，足以让她忽略自身的情景。她坚信上帝会帮助自己，使她成为一个能够出人头地的黑人企业家，能够在《经济》杂志上崭露头角。对此法塔坚信不移，因为上帝总是眷顾每一个走近他并能深领其意的信徒。她就是那个能够领会上帝意图，且对各种各样教条反应敏捷的人。

她几乎不听黑人音乐，她说这种节奏的曲子会进入她的潜意识，污染动摇她的内心。她不喜欢即兴的东西，一方面没有足够的天分，另一方面她相信设计，生活是设计出来的，或者是上帝设计的，上帝是根据每个人的心愿进行设计的。走进她的房间，我总会情不自禁地被她用各种颜色拼写出来的口号打动，没有人会不为之所动。她告诉过我当她情绪落入低谷，她会以此自我治疗，按每天的小时段定点朗读一遍。每次她看到我对某些事情充满困惑，她的第一句话总是，"你知道你可以怎么做吗？像这样……"接着她会教育我用何种方式去解决此类问题。为了保证我的实施，她会让我给她更新进度。即使我不说，她每到周日做礼拜时总会问我。

相比法塔，我也许不够坚定。每周坚持来教堂，是我融入社区与人交往的一个绝好的机会，而法塔是坚定要得到上帝指引和恩泽的。

  法塔站在教堂图书阅览室外和不同的老人聊天，我总是很钦佩她的自如和果敢，她深知自己需要什么，每一次都不会虚度光阴，仅只从上帝那儿获得恩典。她双腿交错，像早晨站在园丁肩膀上骄傲的美国知更鸟，眼睛不停地转悠。法塔喜欢跟老人们聊天，从他们那里打听到新工作，各种各样的传闻，老人在做一些简单的事情时，需要法塔这样的姑娘搭把手。除了我，没有人知道她想去别的教堂做礼拜，认识一些新朋友，了解一些新的工作机会。她计划下周对珍妮谎称病了，去镇上另一头的一个教堂。

  来教堂的老人们对生活都充满着丰富的经验，即便是你想买点什么这样琐碎的事，他们都可以帮你打听价格做出比较，他们给的每一个价格都很合理，省去讨价还价的烦恼。因为价格中的每一个数字都充满了人性和怜悯。教会里的基督徒清醒又牢靠。

四

  "她们有时还把教堂当作婚介所。"

  法塔说话横冲直撞，像一块石头兀地从天而降。

  "法塔，别这么说……那是神祝福的婚姻。"

  我皱着眉头，把声音压低，生怕冲撞了神灵，我总是很忐忑。学校里一直只有我和法塔这样非洲来的学生到教堂做礼拜，我想法塔说得对，也许有只我们需要获得庇护，中国人尤其像我这样家庭并不富足的人，还有就是像法塔这样来自第三世界的人，比起那些天生优越的人更需要神的帮助。

  让人意外的是，我们看到了学校的一对情侣，他们手牵着手从门廊下面的石级上走了过来，我和法塔的眼睛相遇时，我迅速转向别处，一只鸟飞过树丛，天空很蓝，在国内由于我们家地处山区，基本上看不到这样空阔的蓝色。

唱圣歌时他们就站在我的旁边，隔着几个人的距离，我能用余光感觉他们的一举一动。他们显得很虔诚，双手放在胸前，当人们有爱的人的时候，他们就有了恐惧。他们来教堂的目的很显然，为了坚固他们的爱情，与此同时，提醒彼此需要忠诚。任何形式的背叛都有可能对最终的审判加上一笔，或者受到诅咒。

我走过法塔身边的时候，我问法塔有没有看到他们祷告的样子，我一脸的不屑希望从法塔那儿得到回应，但法塔对这一对情侣来教堂并不感兴趣，她面无表情地把脸转向门廊尽头的后门，我也朝着那里看去。太阳光被院墙外的几棵杉树挡住，投下的阴影随着风在墙上移动。也许我们同时想到了驼背，因为他总是在这样的时间里，从那道门廊走过来。

"驼背今天准会来。"

"为什么？"

"在节日气氛里，人的心肠最容易变软。"

牧师从侧门那边走过来，他神情庄重心无旁骛地穿过屋廊。看来他心情不错，如果驼背今天来说不定牧师会妥协。不信上帝却要葬在教堂墓地，不管怎么说都是天方夜谭，真不知道驼背怎么会想得出来，并且执着于这样的想法。

这里最不受欢迎的人可能除了我，就是驼背。他们能够接纳我，至少我是基督徒。我九岁起就和姨妈去教堂，常常跟他们一起在家里关上灯看耶稣复活的影片，多数时候是为了制造气氛。在必要的时候，有人还要抹泪，以此表达他们的心。即使我从来没有读完过《圣经》，但是他们从来不会因此指责我。但对驼背，他们不再那么宽容。驼背什么都不是，他就更不该来到这里。一个不该来此的人，偏偏选择了来，而且还想长眠于此，是一件匪夷所思的事。

我不知道法塔为什么对驼背耿耿于怀。她对驼背莫名的兴趣，也许是因为别的教徒。

"驼背为什么想葬在这里？"我问法塔。

法塔放下长条凳，她正在用力地挪动走道里的一条凳子，将下面的纸屑弄出。

"生时不忏悔，死后却求一步登天，真是妄想。"

"也许他只是想跟他的妻子葬在一起，仅此而已。"

法塔直起身来，她朝着正在说话的几个老人走了过去，他们大概在谈论天气之类的话题。教堂外放置的几张长方形桌子，已经铺上了裸粉色的桌布。复活节的巧克力兔子，大得如同鸡蛋，掰开兔子的耳朵，里面是空心的。还有一盒潮化了的核桃仁。左边放着珍妮早上从家里带来的全麦面包，只剩下几块了。周围的一个中年妇女拿起银白色的小刀，轻轻地撕开黄油的锡纸，往面包上敷了一层黄油，刮走了盘子里残留的面包屑。

五

人们开始有秩序地进场。分发牧师布道内容传单的是教堂乐队鼓手的女儿，她和她妈妈一样高挑，精短的酒红色卷发遮住了耳朵。硕大的银圈耳环透过发髻露了一部分出来。我估计她只有十三岁，但她站得和大人一样笔直得体，贫瘠的胸脯出卖了她。

布道内容是约翰福音第十一章。传单纸张换了新的颜色，将从前的粉红色变成了黄色，在这个有阳光的早晨，像是生了病的人的脸。

我接过传单将它翻过背面，背面仍然印着填字游戏。我从来都做得很慢，不过这样的游戏，可以磨平心里的焦虑。

　　今天来教堂的人比平日里多了两倍。我们坐在安全通道出口左边的位置，这里的位置永远留给我们，很难看到牧师的讲台。大家都说这是留给大学生的，但我们心里清楚这是一种隔膜，就像一种东西，对于有的人必得隔着玻璃。我们的右边，那才是正对着十字架的位置。

　　每当我想到这个的时候，就不愿为教堂里的人的苦难做出任何祷告，包括驼背。我不喜欢他们把自己也当成上帝的样子，认为像我们，尤其是驼背是最应该祈请上帝宽恕的，我们有罪恶的灵魂，没有怀着对上帝笃信不疑的虔诚。

　　开始唱圣歌了，我们站起来，法塔朝门廊那边悄悄地看过去，我也看过去，以往这个时候，驼背会顺着那道阴影慢慢地走过来，他还会侧着头辨别我们唱的是什么圣歌。

　　　　他带走了我的罪恶
　　　　我的苦痛
　　　　他独自承受着一切
　　　　忍受十字架的负重
　　　　即使那时他也不开口

　　乐队换了一首曲调缓慢的歌，法塔闭上了眼睛，举起了左手对神唱赞美歌。后面的 LED 灯打在十字架上，十字架一下比房顶上的天窗还要亮。教堂外有一棵大的道格拉斯冷杉树，树高过了建筑，它的枝叶的阴影洒在了天窗上。

　　唱完圣歌我们坐下，法塔往嘴里放了一颗粉嫩色的薄荷糖。我仰望天窗的时候，心总会被树影笼罩，变得黯淡和晦涩。重症监护室的情景，如同夜色中的暗影。她们围着我的姥姥，站在电梯间，逼迫我的姥姥举起手，向上帝祈请，她们手牵着手喊着："阿门！阿门！"有时候，这个镜头在我们唱圣

歌时，占据着我的脑子，乱七八糟的声音打扰着我。姥姥头发
被汗水浸湿贴在脸上，她被动地弓着身体。我背着书包从学校
直奔医院，走出电梯就看到了姥姥。

　　妈妈坐在监护室门口的凳子上，姥爷住的七号病床正好对
着监护室的门。站在门外通过监护室两道门的小玻璃窗口，可
以看到姥爷戴着氧气罩模糊僵直的脸，还有闪动着的心脏监测
仪。前一天下着雪，我也是从学校赶来，正好碰上医生用手推
车将姥爷送去做肺部透视，从重症监护室到透视检查的地方很
远，医院的被子单薄，我和妈妈脱下身上的棉衣盖在姥爷的身
上，他睁开眼睛给我说："宝宝，姥爷坚强得很，不会走的。"
我紧紧地抓住他的手。这是他留在这个世界上的最后一句话。

　　我以为她们真的可以救我的姥爷。姥爷的肺部已经深度感
染，医生说要割开喉咙。妈妈问割开喉咙有救吗？医生说有
救。妈妈说那就割吧。医生让妈妈往手术单子上签字时又说割
开气管有可能就不能说话了，有可能会出现无法愈合伤口。妈
妈看见姥姥无力地摇头，她拿着笔的手就抖了起来，决定手术
的字并没有签。

　　我不知道她们是求上帝不要让医生割开姥爷的喉咙，我的
姥爷也许就是因为错过了这个能重获生命的时机，才离开了我
们。她们有十多个人，天知道她们的内心有多么虔诚，她们
中间有人说能看到上帝，上帝就在我们中间。上帝对我来说
是透明的。她们挤在电梯间，她们相信救赎姥爷同时也能救赎
自己。她们把一本小小的打印着《圣经》原文的小册子交给妈
妈，等到探视的时候，我们挤在重症室第二道门口，都穿上了
浅蓝色的消毒外衣，看着我的妈妈走到姥爷床前，她跪下去把
小册子放在姥爷手里，然后抬起他的手，试着让他发誓笃信
上帝。

　　气温在下降，窗外雨夹着雪，在十米以外只能看到雪疾速

地向右边倾斜又落下。我们依然坐在过道上，送进病房的粥被抬出来了，吃了两小勺。这是我们最后看到的姥爷生命的迹象，他还想努力吃稀粥来支撑体力。

姥爷一直很坚强，他从周四入院一直等到周一，妈妈通过熟人找到一个副院长，副院长进到重症室，医生说病人主动要求割喉咙。院长开了几张药单，妈妈去取药，姥爷就昏迷了。前一天他说很口渴，叫不应护士，我们就给他买了个手铃，以便他想喝水时，摇一下让围坐在医导柜台边聊天的护士听见。天知道护士们听到了是不是给他喝了水。姥爷被抬出来后，铃铛就丢在他的头边上。

所以在姥姥选择离开后，家人在清理她的遗物时，二〇〇八年十二月九日的日历上写满了七个"痛"。为什么是七个？这同样是个谜。她选择了同样的日子九日，同样的时间，凌晨四点二十分。这个时间被她牢牢地握在手里，到了另一个世界交给我的姥爷时，她会不会说她为了他，在最后一刻改变了信仰。

六

牧师站在讲台前面，我向右边看去，已经有人开始戴上老花眼镜，做布道传单后的填字游戏。今天我一定要做得比法塔和珍妮更快。我也赶紧拿出笔，画了一个又一个圈。

我离正确答案还差一个，我一共画了十二个圈，但纸上写着正确答案应该有十三个。

我没有找到"复活"这个词。法塔坐在我旁边给我指了出来。她将印有填字游戏正面的传单朝上摆放，让四周的人都能看到今天她又是最快的。

布道的内容进行到了中间，牧师示意主日学校的孩子们到讲台上去同他站在一起。孩子的父母将他们的孩子往前推了推，希望他们的孩子能在神的带领下，得到善的照拂。孩子们簇拥向前，有的太矮，不得不通过攀爬上了阶梯。像是波斯人，跪拜神像时，以脸触地。他们的父母停下手中的笔仰起头，有的甚至微微站起，在讲台上找自己的孩子的身影。他们始终相信他们的孩子是人群中最显眼的那一个。

法塔口里的糖在她的牙齿间作响。

驼背来了。阳光从他身后开着的门射进来，他像是被那道光推过来的。

驼背对着牧师喊了几声，并招手想让牧师过去。那些父母回过头，看着驼背，用眼神告诉他，他的不识趣。又不屑一顾地回过神将注意力放在了他们的孩子身上。

法塔将嘴巴噘起转过头，我感觉到她在用她的舌尖玩弄那个快要溶化的薄荷糖。

喊啊，大声一点！让牧师听见，让上帝也听见。

我这样想着，把手中的纸举起来，仰起脸看上面写着的内容。

驼背的喊声越来越小，他大概胆怯了，站在那儿一动不动地好几分钟。他看着我们，看着教堂里灯盏映射着墙壁上那些彩色的画，还有背着他的身影。

牧师抚摸了离他最近的孩子的头，并同意他们离开讲台，去另一个房间上周日学校。孩子们手牵着手慢慢走下讲台，停留、等待、互相照应着向前走去。

孩子们离开后，牧师重新翻开一页《圣经》，向后退了两步，他看了驼背一眼，注意力回到了《圣经》上。

没有人在意驼背，更不理会他可怜可笑可恨的要求，他简直是一个笑话，上帝不会饶恕他。

对于驼背在牧师布道时做出如此无理的行为，他们习以为常，驼背已不是第一次来教堂喊叫，扰乱教堂的礼拜了。

法塔回过头来，这时将跷起的二郎腿从右边换到了左边。我担心法塔鞋底的灰尘踢进了我红茶杯里，将杯子挪到了我的座位底下。法塔显得不高兴，因为没有发生她想看到的混乱的场面，没有争执或者反抗。她嘟嘟嘴，表示并不满意。埋头将手中的填字表又检查了一遍正误。

讽刺式的复活节的神迹也没有发生。一切稀松平常。

我抬起头来的时候，驼背已经不见了。阳光从那道小门里照进来，从那道门出去，穿过沙地和矮树丛，就是墓地了。

汽车飞过黑色的柏油马路，飞过盛开了的带刺醋栗花，飞过圣约翰高中的操场。

又一个星期天的礼拜散去了。

驼背死了。

跟往常一样，牧师埋着头合拢他的《圣经》，我悄悄走近他，我看着他的手抚过《圣经》的扉页。

"他能葬在这儿吗？"

牧师摇摇头："只有灵魂洁净的人才能被埋在这儿。"

"什么才是灵魂洁净的人？"

"受到教堂的施洗。"

"哦，我以为是爱。"

牧师皱着眉头，咬了一下上嘴唇。手中拿起棕色封皮的《圣经》，将约翰福音那页夹着的黑色书签线拉出，让它自然垂直下来。他握紧《圣经》，朝教堂的小门走去。

叔叔在印度

一

娅姆·卡克是我遇见的第一个印度女孩。

认识娅姆那会儿，她还不是一个女人，她肥硕的手臂上，有一道道青春期女孩发胖时遗留下来的皱纹。那种皱纹我大腿上也有，但是没有她明显。学校里当时只有两个印度女孩。有一天，娅姆敲开我的门，对我说另一个印度女孩是"婊子"，我们就这样成了朋友。

娅姆说话不带印度口音，至少我听不出来。她爱说她的家庭，她的母亲，又常欲言又止。我们都爱喝酒，娅姆喝醉后，会放下顾虑，将长有皱纹的手臂搭在我的肩上，问我是否知道，她爱她的母亲和弟弟，她也爱我，但她母亲不爱她。

我总会点头："是，我知道。"娅姆就会吻我的脸，对我说："你诚实一点。"

她歪着身子，用不对称的眼睛看着我。她的头发变得比以往更乱，她把注意力放在了乳白色的小酒杯上，忘了我敷衍她的事，接着说："咱们把盐撒在虎口上，全舔干净，啃半个柠檬，最后把马蒂尼酒喝光，谁不喝完谁是胆小鬼。"

每次说完，她会递给我盐瓶，将酒一口喝个精光，就不再提她和母亲之间的事。

娅姆的房间，摆着一张暗蓝色的旧沙发，那是上周花了二十五元在星期六集市二手家具店买的。西蒙站在街对面，靠在巨大的红色信箱旁，直到我们向他招手，他才一口喝完手上的咖啡，朝我们走来。

"这破沙发糟透了，棉絮都露出来了。"西蒙弯下腰，不耐烦地翻弄沙发的坐垫。

"这我们知道，西蒙，"娅姆说，"你能做的就是闭嘴，把沙发搬到你的皮卡上，然后我们回去。"

十月，温哥华的街道上铺了一层枫叶。每过一阵儿，就能看到枫叶簌簌地从树上飘落下来。地上铺的那层已经开始打卷。汽车碾过，几片碎叶子又再一次飘起来。

回去以后，那张暗蓝色的沙发就成了娅姆客厅里的装饰品。我常坐在上面，听娅姆和她母亲打电话。每次娅姆拨号，我就会走到炉火边，离近一点，听她在说什么。娅姆总是瞟我一眼，换成印度语，要到挂电话了，娅姆才会换成英语，招呼我坐到床上去。娅姆比我高，她的床也调得很高，我得费力把身子向前倾才能爬上去。她可能在戏弄我，但这也不是第一次。

娅姆一直嘲笑我是一个亚洲人，说完她又会补充一句，我也是一个亚洲人。起初我对她的嘲笑无所适从，后来我才知道，她对种族歧视有一种天生的敏感，这种敏感让她兴奋和欢喜。

"你想过要去学手语吗？"在餐厅时，娅姆问我。

一同吃饭的艾玛和瑞秋慌忙地抬起头来看我。艾玛睁大眼睛，她快速地扭动脑袋看看我又看看娅姆，气氛有些紧张，我又感到了娅姆的兴奋。她埋下头像在思考，继续吃盘里的东西，直到几粒米饭掉下来，她才停下，看着我们继续说："我是在想，如果我们都用手语对话，我们都可以闭嘴了，他们再要求我们张嘴，我们就可以说，这是种族歧视！"说完，娅姆大笑。

我赞同娅姆的说法，随她狡黠地笑起来。我们还来不及顾及瑞秋和艾玛，她们插不上嘴，她们的民族没有经历过这样的历史。她们该羞愧，这是应该的。我终于明白，为什么我可以天天听到黑人叫自己"黑鬼"，而一旦"黑鬼"两个字从我们嘴里冒出来，我们一定会被黑拳头揍。

然而一到冬天，关于种族的话题就会变少。除了寒冷，我们什么也记不住。每当我们都快忘了各自的国家，自己肤色，娅姆总是会来提醒我们。十一月第一次飘雪以后，周六成了娅姆的印度电影日，我们无法拒绝。娅姆虽然看起来是印度人，可是严格地说，在她那本墨绿色的护照上，写的却是加拿大人。她甚至从未去过印度。可是，娅姆对印度有一种与生俱来的向往。她常常提起那里的土地和人民以及拥挤，至少电影里是这样。每周六，除了瑞秋和艾玛，我也会叫上西蒙。西蒙会带上爆米花，还有自己做的面包过来，心情好的时候，还有果酱。每次和娅姆看印度电影，我们都会哭，除了西蒙和娅姆。西蒙皱着眉头，他不喜欢印度电影，而娅姆是因为早看过了。

我们哭一会儿，娅姆才会笑着看我们，说："你们别哭了，这是个好结局，最后是个好结局，她爸爸最后没有死。"我们不答话，她又会在自己的笑里，沉默下来。

二

娅姆有一个叔叔在印度。

"我有一个叔叔在印度。"娅姆不止一次这样告诉我。

冬天，我和艾玛在自习室看书，只有我们俩，我们把空调开到二十七摄氏度，屋子里如同夏天一般。艾玛在空调前站了一会儿，转过头来时，脸上泛着红晕。我们都快忘了这是冬天了。这个时候，娅姆总会推开自习室的门，手上拿着苹果和点燃的蜡烛，不耐烦地去看空调的调节器，责怪我和艾玛把温度调得那么高，让她受不了。

我和艾玛看着她走到窗边，伸手把窗户打开又把百叶窗拉了下来。风似乎夹杂着雨雪从百叶窗的缝隙透了进来，然后化成了蒸汽，整个自习室迅速冷了下去。

"我没有见过我叔叔，他在印度做生意。"她啃了一口手上的苹果，坐到我的身旁。"我从未去过印度。"娅姆说得很平静，接着吹灭了她的蜡烛。微暗的光中，一缕烟顺着黑色的蜡线，向上飘了一段距离。

这时，门被打开了，第四个人走了进来，他是另一个亚姆，和娅姆的名字发音一样，只是多一个字母。他把外面的冷风带了进来，我们都看着他。亚姆浑身上下都充满着荷尔蒙的味道。我知道，学校里很多女孩都喜欢他，表面上她们谈起他时，好像很不经意。但她们总喜欢在不同的场合谈起他。

亚姆是从埃及来的，我没有听他说过埃及的事。西蒙和他抽大麻的时候，问过他关于埃及的话，他就举起老式烟嘴，对西蒙说："埃及和你在电视上看到的一样。"

他会对每一个女人说起埃及，以及那边的动乱，用一种忧伤又迷人的眼睛看着远处。他还会说："我的国家，我的人民，我们的苦难……"

亚姆是踩着滑板进自习室的，娅姆先开口问他："你的演讲词写完了吗？"亚姆从滑板上下来，没有急于回答，绕过娅姆，探头去看艾玛手中的书，伸手把艾玛的书翻到第一页，发现艾玛的那本《权利，性与自杀》是讲关于线粒体的，他知趣地走开了。走到我的椅子旁边，坐在椅子的把手上。

"我怎么会有时间呢？"亚姆将滑板靠墙放下，他又返回来坐下。

我埋着头不敢看他。娅姆又从口袋里拿出火柴，划燃之后，将蜡烛点上，说："你真是个废物！"

我偷偷瞄了一眼娅姆，娅姆的话让我发笑。

亚姆看见我在笑，他也笑起来："你也在笑我，对吗？"他深情地望着我，好像就又要开始说起埃及人民以及他们的苦难。

我装作没有听见，继续看我的书。在他还没有继续说下去之前，娅姆看了我一眼。她对亚姆说："你跟我去房间拿剩余的演讲稿，快一点。"还没有等亚姆回过神，她转身就走了。

"再见！女孩们！"亚姆再次踩上他的滑板，把门关上了。

他们走了，艾玛就问我："你不觉得他们很尴尬吗？"

"什么？"

"他们。"艾玛用手指在空中比划了一下，"难道不是吗？"

我以为艾玛在说他们名字的事情，我说："是啊。"

艾玛呼出一口气："是吧？他们很尴尬。"

我确实不大明白艾玛的意思。我吹灭了蜡烛，拿着装蜡烛的瓶子离开了自习室，去娅姆的房间，亚姆已经走了。

"你的蜡烛。"我递给娅姆。她坐在床上不动，我只好把蜡烛放在桌上，桌上全是娅姆划过的火柴棒。我就爬上床，对娅姆说："我和那个罗伯特好了。"

她果然惊讶地拉着我的手："哪个罗伯特？头发是生姜颜色那个？"

我点点头。

"可是罗伯特已经很老了。"娅姆说。

我不想回答这个问题，接着反问娅姆："你和亚姆是怎么回事？"

娅姆撇撇嘴："亚姆是我的情人，以前的，现在我们已经不接吻了，有别的女孩在他房间。"娅姆让我替她保密，她抱住我，亲吻我的额头，她的嘴唇很软，上面一点纹路都没有。

三

二月的气温一直很低。雪到二月中旬停了一阵儿，早上有雾的时候，看不见对面山顶上的积雪。瑞秋和艾玛说要去山脚下的餐厅吃早饭，我感到泄气。天气暗沉让人变得不爱说话，路上有一只圣伯纳狗在雪地里呼哧呼哧地奔跑，口里冒出热腾腾的气团，高过了那些路旁的小孩。我看出了神，在雪地里打了一个趔趄，摔下去的时候，手指都摸不到水泥地，棉衣里的衬衣沾满了雪，雪在衣服上不会化，轻轻地抖两下，雪就像沙子一样掉了出来。

餐厅外，有很多孩子堆的雪人，孩子给雪人戴上了手套。厚厚的积雪快没过了我的膝盖，餐厅里走出一个厨师，拿着铲子去铲雪。厨师的帽子在推门的那一瞬间，被外面的风吹掉了。他用左脚抵着门，腰弯了一半停了下来，抬起头看见我们，又直起了身子向我们问好，并用手也推着门让我们进去。他很尴尬地将两边的眉毛向上抬起，皱纹全部堆积到了额头上，这使得他头顶上稀疏的头发更加引人注目了。

餐厅里人不多，都在低声说话，聊温哥华前几天的枪击案。

"四楼住了一个强奸犯。"瑞秋突然对我说,"你住在五楼,晚上得锁好门再睡觉,四楼的苏菲已经搬去二楼了,她在四楼的时候,强奸犯就打开过她的门。"说完,瑞秋又一本正经地望着我们。

艾玛却惊异地叫道:"苏菲只是说他进了她的房间,亵渎了她。到底发生了什么,我们谁也不知道。"艾玛意识到自己的声音太大了,耷拉着脑袋四处张望,生怕别人听到了她的话。

"那又怎么样?大家都说他是强奸犯,他就是强奸犯。"瑞秋继续说。

后来,我们讲起周六要去滑雪才岔开了这个让人不愉快的话题。回去的时候,我在楼道里遇见苏菲,也没敢问她四楼的情况。她住在二楼,再不用坐电梯了。我跟在她后面,她却转过身,托我周末帮她喂房间里的金鱼。我慌张地拒绝了她,急着跑上楼去。学校里传遍了强奸犯的事情。校方收到了六个人的性侵报告。最后的调查从六个人变成了十七个人。

学校里至少有三个强奸犯。学生之间的相互传言,让人惶恐。校方要求在每一个寝室门上,贴宣传性侵的画报。教授的门上也贴着。瑞秋说就是四楼的那个强奸犯,帮着那些教授把宣传画贴到教室外的墙上去的,因为教授们的个子不够高。

我离四楼的强奸犯只有一层楼的距离。晚上,我打电话给西蒙,在电话里,西蒙听不清我说的话,他挂了电话。不一会儿,他来到了我的房间,带着一瓶开过的威士忌。他摇晃着酒瓶,扶着墙把鞋子脱了,两只脚穿着不同颜色的袜子进了厨房。他蹲下,从右边的橱柜里,拿了两个高脚杯放在台子上。我放了一个进去,他盯着我,对我的行为感到诧异。我什么也没说,站起身径直走进卧室。

西蒙点上烟，对着我的背说："他们也应该听听强奸犯们的想法。"

他像是在开玩笑。

"他们说那个强奸犯从后面抱住了一个女人，天哪，真是狗屎！你不觉得吗？"

我从房间出来，递给西蒙巧克力，问他是否知道四楼的强奸犯是谁？西蒙撕开巧克力锡纸，笑了起来，把头凑近我："你想知道吗？"

"请告诉我。"我一脸严肃。

西蒙没有再笑了，他对我感到失望，注意力又回到撕巧克力锡纸上。

"你为什么总是命令我呢？好吧，我告诉你，亲爱的。噢，等我好好想想他的名字，我喝了酒，你要知道。"

西蒙将身子拱起来，蜷缩在那把休闲椅上，手撑着头，褐色的卷发里有银白色的头发。他皱起眉头，就像在痛苦地回想。西蒙拿过他的威士忌酒瓶，把撕了一半的巧克力扔在桌子上。

"他到底叫什么名字？"我很不耐烦了。

"好吧，告诉你，亚姆，他叫亚姆。"

四

我没有敲娅姆的门，径直推开了。娅姆正躺在床上，带着眼镜玩电脑。她的房间和往常一样乱，不过却散发着一种印度檀香的味道。

"你早知道了，对吧？"我质问她。

"我知道什么了？"娅姆头也不回。

"你住的是四楼，你是知道的，对不对？"我又重复了一遍。

"你到底在说什么鬼话？"娅姆调整了坐姿，眼睛仍然盯着电脑，她趴在床上，把腿跷起来。墙上挂着的地图被她跷起的脚蹭掉了，她才合上电脑，站起身从床上跳下来，在抽屉里拿出红色的图钉，又跳上床，把地图按着，又把图钉摁了进去。

"我在说亚姆，亚姆是个强奸犯，你是知道的，对吗？"我站在原处心里全是怨愤。

娅姆转过身来瞟了我一眼："对，我知道，你不知道吗？别站在这里废话，上床来。"娅姆坐了下去，将被子掀开。

我没有拒绝她。我爬上了床。

"你带手机了吗？"娅姆问。

娅姆看见我点头，就从床边的柜子里翻出一张电话卡来。"我上星期买了张国际电话卡，用这张卡可以给全世界打电话。"娅姆说。

她眼睛里闪着光。

"那又怎样？"

"我想借你的手机给印度打一个电话。"

"给你叔叔吗？"

"不，给我在印度的朋友，前几天我得到了他的号码，我想看看是不是真的。"娅姆显得很激动。

"他是谁？从来没有听你说过。"我显得很不情愿，慢慢地从裤子里掏出手机，"你为什么不用你的电话打？"

"他叫卡克，我妈妈如果查到他的通话记录，她会杀了我的。"

"为什么你总能碰见和你姓名一样的人呢？我觉得这很荒谬。"

"亲爱的，你要知道，那个亚姆是个意外，我恨死他了，别再跟我提那头蠢猪，但卡克不同，卡克是个很常见的姓氏。"

　　之后娅姆告诉了我关于卡克的事。卡克原来也在温哥华，和娅姆不一样的是，他有印度口音，或者不是印度口音，是一种奇怪的口音，连娅姆也从未听过。他追求娅姆时，经常骑着一辆灰色的摩托去学校看娅姆。娅姆偶尔会和他去山脚下的餐厅吃晚餐，有时又会头也不回地从他身边扬长而过，这让卡克无所适从。

　　有一次，卡克站在路灯下，拥抱了娅姆，娅姆给了他一个中指。他捏紧娅姆的手臂，对她大喊大叫，娅姆甩掉他，头也不回地走了。

　　娅姆以为这一次会和过去一样，卡克过几天就会骑着那辆灰色摩托，再来学校坐在那张长木椅上等她。可是卡克没有再来，回去以后，他抱着自杀的念头，他和朋友抽比大麻更烈的毒品。过量的毒品，使他失去控制，一口咬伤了他的朋友。

　　娅姆听到消息赶过去的时候，卡克被警察扭送进了医院，再有卡克的消息，他已经被送回了印度，失去了联系。

　　娅姆不知道自己其实是喜欢卡克的，直到他离开，她才确定这件事。

　　娅姆拨了那个号码，电话似乎通了，娅姆颤抖地把电话递给我，小声嘱咐我说："我不接，你接。"我接过她手中的电话，一把按掉，我说："你想干什么？我能给他说什么？"

　　"我害怕，你和他说，和他说中文，他不会懂的。"娅姆握着我的手，颤抖着，"你一听到他说话，你就和他说中文，他就知道是打错了，我很紧张。"

　　我只好又拨了过去，对方接了电话，我按了免提让娅姆听他的声音，娅姆很激动，暗示我快挂电话。

　　"你还想打吗？卡里还有钱，你还可以给你的印度叔叔打。"

　　娅姆还沉浸在激动里，从床上一跃蹦到了暗蓝色沙发上。在桌子上拿起火柴，点燃了蜡烛："不打了，我很快就要去印度见他，还有卡克。"

娅姆手里捧着蜡烛，闭上了眼睛。

五

温哥华前几天在下雨，路面上有一些积水。今天早上还下过一阵冰雹，几辆私家车靠边停了下来，大巴还在继续通行。走过斯坦利公园的时候，除了写有"斯坦利公园"的牌匾之外，什么也看不见，视野里白蒙蒙一片，但你知道，再往前走一点，就是海了。

娅姆住在罗伯逊街附近，具体位置我也描述不出来。我只到过温哥华市区两次，温哥华的每一个街口都很相似，罗伯逊街有很多的红绿灯，每走过一个街口，车都会停下来。

周五的时候，娅姆的母亲带着娅姆的两个弟弟来接娅姆回家，我因为要去市区打疫苗，所以跟着娅姆回了家。她的母亲人很瘦，两个眼窝深深地凹陷进去，眼睛和娅姆一样也不对称，无法判别她额头上的那枚褐红色的朱砂痣，是否点在了中间的位置。她穿着一条金色的纱丽，那条纱丽被漂洗的次数多了，失去了明亮的色彩。所以，很难让人分辨出那是怎样的颜色，只能说那是一条暗沉色的裙子。

"妈妈，她明天要去打疫苗。"娅姆说，"今天晚上她可以和我睡在一块儿吗？"

"她可以住在叔叔的房间，如果她想自己睡的话，不过你也可以问问她。"娅姆的母亲向左转了一个弯，娅姆母亲左手的大手镯也跟着向左倾斜。她把车拐进了另一个街区。娅姆家的披萨店就开在那个街区的左边，娅姆指着窗外，我却什么都没看见。

娅姆的爸爸没在家，娅姆让她的母亲给我做拉杜球。

"她喜欢看印度电影，那里面总是出现拉杜球。晚上你做拉杜球吧，妈妈。"

她的母亲也不作声，娅姆跟着进了厨房。我坐在沙发上，看着她的两个弟弟玩球。不一会儿，我就听见厨房里，她的母亲拉出烤箱，窸窸窣窣地套上锡纸的声音。

"你爱你的弟弟们吗?"娅姆出来后，我问她。

"你说哪一个?"

"他们两个呀。"

"只有一个是我弟弟，大一点的是我堂兄，他是个弱智，我叔叔的孩子。"娅姆说。

晚上，娅姆的家很安静。娅姆的父母在卧室争吵了一会儿，随着客厅里挂钟的鸣响，争吵声也就消失了。娅姆的弟弟也上楼睡觉去了。我到厨房里接了一杯水。

夜晚的厨房和白天的厨房完全不同。夜晚的厨房更安静，也许是少了一种印度檀香味道的原因。客厅里的壁炉依旧燃着。我把水杯放在壁炉上，壁炉的正中央挂着一个人像，他裹着头巾。我不敢断定娅姆家是不是信奉锡克教。我见到娅姆父亲时，他也包着头巾，但是后来他又取了下来，那一撮胡子最后被他拿了下来，胡子也是假的。

"你在这里干什么? 快进来。"娅姆站在她房间门口，招手让我进夫，她身后的灯光和客厅里的不太一样。

娅姆警告我不能向她母亲提起卡克，更不能说她要去印度的事。两年前，娅姆的母亲听说了卡克纠缠过她的女儿，娅姆就被禁足了半年，她的故事成了家族里的耻辱，所有人都闭口不提。娅姆还告诉我，她叔叔二十三岁那年，违背了种姓制度，娶了一个出租车司机的女儿。那时起，父母就反复教育说叔叔给家族带来了耻辱，结果神为了惩罚他给家族带来的羞耻，就给了他一个弱智的儿子。可娅姆从不那么想，但她也不敢给任何人说。她向往自由恋爱，她爱卡克。而这个世界上，只有叔叔会懂她的心思，能够让她自由，娅姆把全部愿望都寄托在她叔叔身上了，哪怕只有一个夏天。

"他们不知道我去了印度，这就不会是一个耻辱，神就不会惩罚我。"娅姆跪在地上，从床底下拉出手提箱将叠好的衣服放进去。

"这将是我第一次见到叔叔，我以前总听到他们说叔叔的事，他们说叔叔会打猎，你说他会骑马吗？我还可以见到亲爱的卡克，这一次，他再抱住我，我会吻他，告诉他，我爱他。"

娅姆站起身子，把手臂搭在我的肩上，眼神里有了片刻的迟疑："你说我叔叔，会接纳我和卡克，会不顾一切地把我和卡克在印度藏起来，对吗？我和卡克将是自由的。"

娅姆又在房间里找火柴，四处摸索，昏暗的灯光下，娅姆的影子在跳动。

"该死，家里的蜡烛全被烧光了。"

六

五月的天气很阴沉，瑞秋和我在加拿大北部的育空地区种树，西蒙去了一个岛上。那里网络不好，无法给我发邮件，他只给我寄了几张明信片。正面总是一些类似于波光粼粼的岛屿，或者有时还有一艘白色的游艇停在岸边。但背面却总是写着同一家"裸体午餐"餐馆的笑话。我把它贴在公寓厨房的墙上，做饭的时候，我会对着它们笑，这是一天中不多的消遣。

娅姆在去印度前的一个晚上，给我打了电话。娅姆在电话里说，她害怕即便到了印度也不能够得到自由，叔叔或者卡克，任何一方都使她无法放下顾虑……娅姆就这么说着自己的担忧，直到过了午夜，她的声音才随夜色一起变得柔和起来，每当她说起"印度"这个词时，即使是通过手机听筒，这两个字也抚慰着我的心，这里面有一种神秘的东西。

"你会来印度看我吗？你应该和艾玛一同来印度看我，我们可以从塔那坐火车去格利扬……"因为她的声音，我以为娅姆快要哭了，我支支吾吾地说道："可是艾玛……"

娅姆提高了音调，好像又变得很镇定："我知道，艾玛和她祖母去了俄罗斯，但不久就会回来的，只需再等上一个月，那个时候，你们可以商量一下。"

电话里的娅姆是那么无助，我能感觉到。可我也知道，我的这个夏天注定要消耗在育空。我和瑞秋支付了整个夏天公寓楼的房租，不到九月我们是不会回到温哥华的。况且我们也没有那么多钱去印度，艾玛还给我提过，她的旅行经费早就透支了。

即便如此，我也只能这样回答娅姆："好啊，等她回了温哥华，我就打电话给她，我们就来，好吗？"

娅姆没有听出我话里的敷衍，她只是一再提及她在印度的计划。她的声音一直很温和，就像夏天傍晚的风，吹出了蓝莓酱的香味。

在育空的生活，好像让我忘却了我还生活在加拿大。育空的雾和温哥华的雾还有雨都是不同的，每到这时节，雨就会来，也就会提醒我，我还在加拿大。因为下雨的季节，育空和温哥华的人从不打伞，端着咖啡，从各种各样的商店里走出来。

瑞秋几天前就在厨房发誓，她要做一个素食主义者。她说了很多次，但我从来不信，我看着西蒙给我寄来的明信片发笑。

七

之后整个夏天，娅姆都没有再给我们打电话。我和瑞秋只好猜测她和卡克过上了好日子，早就忘记了我们的存在。艾玛从俄罗斯回来以后，就坐灰狗巴士来育空看我们，那已经是八月底了，夏天最炎热的时候。瑞秋和我去接她，我们早到了二十分钟，不同的灰狗巴士从不同的城市过来，我们看着寥寥的乘客下车，一脸垂头丧气的样子，像罐头里的鱼。

"亲爱的，你们好吗？"艾玛的声音先于她的人出现在我们面前。我们终于看见她了，一个身影从一辆银色巴士上跳下来，落地时还险些摔倒。我们将艾玛的行李塞进了瑞秋的后备厢，我们也上了车，寒暄过后，艾玛目视窗外，突然问了一句，"你们听说娅姆的事了吗？"

我们以为艾玛在向我们打听娅姆的消息，瑞秋打趣地说："当然了，娅姆在印度，那是她的伊甸园，和她的卡克先生。"说完，瑞秋还和我相视一笑，窗外吹来的风，是从公路上飘起来的热浪，太阳把这里烤得就要燃起来了。

"好吧，听我说，娅姆的叔叔早就死了，那时娅姆才六岁。"艾玛告诉了我们她从俄罗斯回来以后，去了娅姆家披萨店遇见娅姆的事。

艾玛说完之后从后视镜里看着我们。一九九九年的克拉克地区，一场宗教引发的枪战，让娅姆的叔叔死在集市上一家花店旁，花盆摔下的泥土倾倒在他的脸上。他的脸跟那些稀烂的花一样模糊难辨，他的手紧紧地扣着扳机。一想到这些，我就变得害怕再面对娅姆了。

奇怪的是，知道这消息，我和瑞秋一句话也没说，艾玛也同样没有问我们任何问题。瑞秋的车没有停下来，好像这条公路就没有尽头一样，笔直向前，看不到任何建筑物。那段路空阔而漫长。娅姆的叔叔死了，印度陡然间似乎离我很远了，再没有娅姆描述的温暖亲近。

回到温哥华，我又见到了娅姆。九月的温哥华似乎还停留在夏天。到了晚上八点，天才会慢慢地暗下去。站在寝室的阳台上我看到了娅姆，娅姆变得比从前更加矮小了。她驼着背，手里抱着从超市里买来的速食面条，从弯弯曲曲的小路上，小心翼翼地重新回到柏油路上。柏油路前转弯的地方有一盏灯，她从那里岔进了另一条小道，消失在路灯的光能够照着的地方。

这一年，我和娅姆、艾玛、瑞秋住到了新的寝室。刚出电梯就能看到门口堆放着娅姆的杂物。娅姆已经上来了，她从电梯里出来，一箱一箱往卧室搬行李。她把拿出来的衣服和鞋子摊开，那些衣服在地下储藏室放久了，都是湿润的带着一股刺鼻的霉味。娅姆的箱子旁边，放着她的蜡烛。

艾玛和瑞秋都跪在地上，在客厅里铺着地毯。娅姆从卧室里走出来，看着我笑。

"你好吗？"娅姆弯下腰在箱子里找火柴。

"请帮我把地上的蜡烛递过来。"

娅姆点上蜡烛，放到客厅里的桌子上又走进了卧室。跟着，整个房间里又重新充满了以前娅姆房间里椰子味的蜡烛香气。

街区那头

卡拉回到镇上，是一年后。

那是早晨。天一直下雨。笼罩在雨水中的街道，让她感觉到仿佛是第一次置身于小镇。那条小路的栏杆边上，似乎仍然晃荡着十年前，她和父母看到过的驼鹿。那个时候的麦尔还被自己当作父亲。这一切竟然是那样的陌生和遥远。

这是春天的最后几日，雨水将云降得很低，却仍然没有遮挡住对面山上覆盖的积雪，天气就像回到了十二月时那么寒冷。

卡拉走过草坪中间麦尔用石板隔开的小道，把一直拖着的行李箱，双手提起来放在两只腿前，摇晃着走到她家的拱门前。

雨还在下，屋子里没有一点声响，麦尔还没有起来。卡拉推开门，如同她从来没有离开过一样。她将行李放在门边，径直走进客厅，沙发上方有一面镜子，她看到自己，那个轮廓里映着的黑影。

　　中午十一点过后，西蒙起来了，他的脸通过厨房门的玻璃出现在卡拉眼里。卡拉继续对他视而不见。西蒙靠在门边，看着她从橱柜中拿出一个杯子，将煮好的英国红茶倒进棕色的矮茶杯里，再从冰箱里拿出牛奶，用脚将冰箱门顶关上。门并没有完全合上，卡拉又转过身用手轻轻地推了推。

　　她问他："你想要喝吗？"

　　西蒙见卡拉愿意同他说话，便走近凑过去看杯子："这里面放了什么？"

　　卡拉顺手从抽屉里拿出一个小勺，搅动杯子里的液体说："牛奶加红茶。"

　　西蒙摆摆手回到客厅里，他并没有对卡拉的回来表示出惊异。

　　麦尔从阁楼上下来，看到了卡拉，也只是稍微放慢了下楼的速度，并未做出任何不同的反应。

　　他早就知道卡拉要回来了。

　　卡拉必然要回来的，纽约毕竟不是她的家。再说西蒙和卡拉偶尔会有联系，他把关于卡拉的事毫不隐瞒，甚至添油加醋地告诉了麦尔。

　　在这件事上，麦尔和西蒙一致得就像父子俩。既不互相猜忌，又会互相探寻。

　　其实西蒙只不过是暂住在麦尔家。麦尔家是学校指派给西蒙的寄宿家庭，西蒙在他家住了三年了。

　　麦尔走到餐桌前坐下来，他的睡衣松松垮垮地耷拉在地板上，由于睡衣上的扣子所剩无几，所以他的身体总是露出来，他不停地用手拉扯，试图想遮住身体。麦尔像是一棵在短时间里失去水分的刺类植物，被弃置于荒野里枯槁而萎靡，就算喝再多的非洲咖啡豆也无济于事。

麦尔没有向西蒙问好，而是漫不经心地看了卡拉一眼说："你在纽约过得怎么样？"

"很好。"

卡拉站在厨房里没有看麦尔，她喝了一口牛奶。一年的时间似乎也不过是只相隔了一夜或者两夜。

"找了工作？"

"没有。"

"这一年，你都住在哪儿？"

卡拉没有回答，继续喝了一口放了红茶的牛奶。

"是不是跟一个大你三十岁的朋友？"

这一次麦尔似乎没有先前那么平和，他停下来看着卡拉。

"是谁告诉你的，你没有权利知道。"卡拉回答。

"我只是在关心你的生活。"麦尔感到不适，他放缓了说话的速度。

卡拉放下杯子，她看了一眼西蒙，西蒙假装什么也没有听见地切着面包和奶酪，嘴里还哼着小曲儿。

卡拉转过头看着麦尔，她与麦尔之间隔着的距离，让她更好地将不该说的话说了出来："现在你听清楚了，我的父亲是亚历克斯，不是你。"

"谁他妈告诉你的？"麦尔涨红了脸，连着说了好几个："他妈的、他妈的……"

西蒙感到嗓子发痒，他用手挠着喉咙，埋头继续吃面包。

卡拉从厨房的灶台边上绕到餐桌旁，离麦尔更近了，她说："他们说，你大麻的生意难以继续，因为你的心思和注意力，都用在了亚历克斯身上。"

"你住嘴！"

"他们还说你是个无中生有的小气鬼。"

卡拉离开餐桌。

"荒唐！卖大麻需要什么样的注意力！"

这是一个不欢而散的早晨。卡拉回到自己的房间，屋子里有一股阴湿久不见阳光的气味，她推开窗子，外面的雨不仅没有停下来，反而比先前更大了。远处的房屋树木，被雨水蒙上了一层雾气，目及之处灰蒙蒙一片。

这个世界原本就是看不清的。

她想起了他。他是否也会在雨天里转过头想起她，想起灰头土脸的卡拉，无助的卡拉。

他是大学经济学的教授，也就是麦尔说的那个大了她三十岁的男人。她并不去想她的父亲如何知道的这一切。

过去这一年里，他是她的生活里突然闪亮的一束光，映照了她的一切，给了她关于世界的想象和向往，甚至给了她生活下去的希望和方向。

她是在卖酒的商店里面碰见他的。当时她问他，在哪里可以找到意大利产的酒。教授递给了她。他们就这样聊了起来。他问起她从哪里来。她并没有立刻回答。她知道她居住的小镇不会有人知道，所以她说了一个大城市的名字。

"温哥华，是的，我从温哥华来。确切地说是'雨哥华'。"

当地人都这么叫温哥华，这让卡拉说的话听起来更专业。卡拉见教授被自己逗笑之后，松了一口气。

教授告诉她，他也曾在温哥华住过一段时间，他在那儿的时候，当地人的确这么叫它。而这一切，在那个黄昏将近的时间里，听起来是如此的亲切。

教授邀请卡拉到家里做客，并告诉卡拉他在纽约大学教基础经济学。虽然卡拉学的并不是经济学专业，但是她还是懂一点微观经济的理论，还有那些起起伏伏的图像。

　　教授有一栋其他教授不敢奢望的大房子，屋子尖顶的天花板上用的全是木料，房檐很高，吊灯从上面垂直下来，足足有两米多的长度。茶几表面是全透明的她叫不出名字的玻璃，下面支撑着刷过漆的木料。旁边是一架三角钢琴，钢琴上方挂了两幅颜料鲜艳又不太好看的油画。房间里几乎每个角落，都摆放了蜡烛的托盘。白色的蜡烛燃了一半，蜡滴干了之后，紧紧地将蜡烛与托盘绑在一起，等着晚上再被点燃。

　　那天卡拉在他家吃完晚饭就离开了。

　　教授身上有一种让她不能控制的向往。她认识的人中没有这样富足的。或者她从没感受过这种看上去很有教养，不止是教养，那是一种高深莫测的神秘力量支撑着的遥不可及的距离感。那些只会出现在电影里，来自一些需要保守秘密的大学俱乐部，那些需要父母祖辈特等姓氏的俱乐部，那些只有某些美国的总统参加过的联谊会。对，他就是从那里面出来的。不仅如此，他的导师还获得过一九九三年诺贝尔经济学奖。

　　交往几次后，卡拉发现教授有自己的家庭生活，那个黑色的三角钢琴，就是他妻子的。钢琴架上的书，还没有合拢，琴盖也没有关上。

　　卡拉感到难过，她明白她和教授之间，有一道难以逾越的屏障。这个屏障让年轻的卡拉不知所终。卡拉也幻想过和教授发生点什么，再一走了之。

　　教授知道她的处境之后，给了她一份工作，让卡拉在他不在家的时候，打扫他家的房间。卡拉犹豫了。她担心自己对教授存有的那份非分之念，在近距离的往来中，会让痛苦与日俱增。可是如果不工作，她在纽约的生活就难以维系。虽然教授给她的钱，并不足以支撑她在纽约的生活。她如今借宿在朋友家，所有日常杂货开销也得她支付，如今如果再有点自己的收入，她也不用再每日为钱而发愁了。

卡拉从来没有见过教授的妻子。也就是她从来没有在卡拉在的时候回来过。卡拉每天按时在教授出门前来到他家，在空空荡荡的教授的家里，一个人走来走去。卡拉也从来没有推开过他和妻子的房门。她一直坐在客厅，直到教授回来时离开。

教授会把卡拉送出家门，将大衣展开，给卡拉披上。这个时候的卡拉，会变得异常沉默。而这时教授会紧紧地抱着她，与她告别。

后来，她开始做更多他没有要求过的工作。他妻子丢在电视柜下面的那些翘起封面的杂志，她也给抱了出来，放在书柜中间那层。她似乎更愿意在一些琐碎的细节上，更多贴近教授的生活。

教授每次回来，总是一边走进门，一边将电话用一只胳膊撑着，歪着头贴在耳朵上换鞋。她直觉电话那端是个女人。他每次谈论的内容都很琐碎。

而每次的结束语都一样："对不起，真的对不起，我不该抱怨这么多。"

教授坐下来的时候，卡拉也试着问过他："你的妻子在哪里？"

"她在西雅图，恼人的西雅图。"

关于教授她了解得越多，对他怀着的那份爱慕和敬意，也就慢慢在减损。卡拉意识到教授以及教授所拥有的一切，以及她对教授隐秘的爱恋，都不过是没有遮挡的泡影。

后来她知道了关于他和他妻子的故事。

在卡拉心里神圣的教授，那一切，豪华的住宅，巨大的落地灯，幼圆的天窗，高耸的屋顶，都是他妻子给予的。

他的妻子来自一个富足的犹太家庭，她家庭的支系古老且庞大。

卡拉知道如果她再继续打听下去，她会听到更多这个女人的消息，比如这个女人原本的姓氏，可以追溯的家族，说不定卡拉在某本书里也见过那样博大的名字。

然后在卡拉推开教授和他妻子的卧室时，她打住了继续打听她的念头。

教授的卧室并没有锁，卡拉轻轻扭开了木门上的圆形把手。教授并没有想过要去制止卡拉发现这一切，他从来没有想要骗她，或者隐瞒什么。

进门的左边摆着樟木书架，所有的书都按照种类颜色摆放整齐。书架的隔层上还贴着分类的标签。他们甚至按照图书馆分类的方式，将每一本书都分好了号码。

这些其实都并不重要。书的上方，是一张女人的照片。

照片将脸放得很大，并且看不出她坐在什么地方。她有着精明干练的短发，耳朵两侧上去一点的头发剃得十分干净。只有中间才留了些许金发，金发蓝眼。那并不是一张在某个风景地点随意照的照片，背景是暗蓝的素色。卡拉已经记不清她穿的是什么样式的衣服了，她不想过多地知道这个女人。

卡拉轻轻合上门，她深深地意识到，在她心里那个高尚的教授，永远都不会离开他的妻子。

他当然依附于她。他这样被生活簇拥着的可怜虫，如何能够适应住在一个小公寓里，在不惑之年还要面对一切都得重新开始的境遇？

那时候的纽约好像天生就适合飘雪。

在和麦尔争吵过后，卡拉没有下楼吃晚饭。

卡拉想起从前，午夜之后家里常常会有来拜访的人，如今很少有人再按响她家的门铃了。

隔壁的房檐上都亮起了灯。而唯独卡拉家的没有。卡拉家楼的墙身像是包上了一层 PVC 塑料，跟周围的建筑有很大不同。房檐左边一个白灰色的排水管一直在往下滴水。冬天的时候，水形成一棵冰柱，倒挂在房顶。直到开春，一切又会变回原来的样子，水滴不紧不慢地顺着排水口奋拉下来的黑色苔藓流出，落到草地旁边的水泥地面上。草地因为没有精心打理，地皮裸露在外面。草坪中间主人用石板隔开，石板铺到圆形的拱门前，上面写着"麦尔之家"。一个从前因为大麻而热闹的家。

几年前，麦尔的大麻成为传奇。他成了众所周知的人物。在这个社区他几乎没有可以让人指责的地方，除了他那不怎么精湛的园艺技术。他总是让花圃里的植物长得参差不齐，那些带刺的藤蔓会高高扬起，在阳光下攀着别的植物生长。

西蒙给他的朋友说，他们尊敬麦尔不是因为他卖大麻，而是他从一个四处游荡，给别人装修的粉刷匠，竟然变得举足轻重。

那时候西蒙刚刚来到麦尔家，来到这个街区，没有人瞧得起他。

在人们真正认识和接受西蒙以前，他们谈论的是关于麦尔的神秘，大麻的不绝于斯的供应量和价钱，就足以证明他的与众不同。而西蒙对麦尔秘密的琐碎生活，总是津津乐道，他认为这些才是麦尔真正的，可供人们茶余饭后谈论的话题。他从来没有放弃过。

他说麦尔的头发很黑，是因为他喝了很多非洲来的咖啡豆的缘故，他还有一种其他药物不能治愈的病，所以他可以合法服用大麻，作为镇痛药物。麦尔还在家里摆放了很多有关园艺的书，但他对园艺却总是一窍不通。

西蒙长得又高又瘦，穿着暗红色的灯草绒裤子，他只有一条这样的裤子。他背上夹袄后面的洗涤条总向外翻出，时间一长，也变得像用机车油浸染过，在烈日下蒸发干了。

除了谈论麦尔，西蒙也常常谈起自己。起初，没有人对西蒙的故事好奇。每个人都不相信西蒙是大城市里来的，原因也许是西蒙衣着给人造成的印象。

即使西蒙给他们看他口袋里驾照的地址，他们也不信。后来，西蒙给他们讲故事，讲多伦多的圣劳伦斯市场，周六周日有农物市集，异乡来的西班牙流浪歌手，拿着装有沙子的手锤唱歌，骗走了他的钱，他们也半信半疑。

直到西蒙说他二十岁那年贩卖毒品，被人用枪指着头，就再也没有人敢不相信西蒙了。因为那种用枪指着头的事，也只有大城市里才会发生。他们对西蒙开始另眼相看，多了一份尊重。

西蒙从那时起一夜间变得神气起来，就像麦尔一样，他说话的声音也变了，再也不想对别人表现出友好。

慢慢地麦尔不再像从前一样受到尊重。人们先前对他的尊重，变成了表面的，背地里却说他是一个卑鄙可怜的粉刷匠，小气鬼混蛋，最后却成了趾高气扬的地下商业家。人们开始谈论他的家庭，谈论他的女儿。

麦尔能为每一个想要大麻的人提供货源，并且保持镇上最低廉的价格。没有人知道货源是从哪里来的，似乎也没有人想要打听，这对他们来说并不重要。他们可不想知道麦尔是否犯了法，如果就这样断了货源，他们又要去新的地方找大麻了。

这让麦尔的生意更好做了。

拿货的人使得麦尔的红房子，相比街区别的住户那种门可罗雀的冷清来说，有一种格外的热闹。就连一些早上出门遛狗的人，也会绕道到麦尔家，踏过麦尔阶梯前铺的一截鹅卵石小路，如果冬天上面铺了一层冰，他们会从草地上绕过去。

后来人们发现麦尔心神不宁的变化，他不但提高了大麻的价格，而且经常闭门外出。麦尔红房子慢慢变得清冷起来，平时那些来拿货的人，也像是突然间蒸发了一样。麦尔家的红房子，总是在雨后静悄悄地兀自立着。

卡拉回来的事情，让人们很快又将注意力转移到了他们的家事上来。卡拉在纽约的生活，卡拉离开家的原因，卡拉找到了她的生父。

去年，卡拉放弃学业去了纽约。纽约那个地方跟斯阔米什小镇不一样，纽约的雪相比小镇上的雪要暴烈得多。

卡拉的母亲，麦尔的妻子，是一个非洲移民。生了卡拉之后，不久就因为帕金森病而死去。她死在一个平淡无奇的早上，谁也没料到她会突然死去。她前一个月才刚刚坐上轮椅，还能将手里的东西轻轻地抬起，后一个月就突然离开。

麦尔的妻子在医院抢救的时候，麦尔还在家里看电视，卡拉还在她的卧室里玩玩具，一切没有任何预示，他们都以为她还会像从前一样，做完手术就会打一个出租车回家。

她死的时候被无数的仪器围绕着，手上夹着测量心电图的夹板。半袋吊瓶还没有打完，针头也悬挂在空中。麦尔来到医院，病房里很安静，很多病人都没有起床或者没有醒。他看到别的病床都还挡着果绿色的帘布，唯独自己的妻子没有。她床前的帘布，拉开了一大半。麦尔站在帘布外面看着他的妻子，她的上半身已经被扒光了，下半身穿着医院给她换上的白色病服。地上还有医院给她之前搭上的毯子。护士拿着写字板在麦尔身后走来走去。

麦尔静静地站了一会儿，然后他慢慢地拉上帘布。

麦尔没有为妻子举行葬礼。他说："我不大爱听黑人灵歌。"

当然这些都没有被证实过，这些都是在医院上班的摩根太太说的。

"其实麦尔太太也没有那么黑。"摩根太太说。

无论从哪一个方面来说，麦尔和他的妻子都不该结婚。他们没有做好任何婚姻的准备。除了他们在结婚之前有了卡拉。

卡拉六岁前麦尔对她非常骄纵，麦尔甚至自己走过两个街区，到一家二手玩具店，给卡拉找那些别人不要的塑胶玩具。玩具大多都很新，所以麦尔乐此不疲，有时也会找到一两个，小面积残缺的正版乐高玩具。麦尔会将卡拉扛到肩上，带着他们的正版玩具，迎着黄昏时分的风，在太阳斜斜地照着的街面，一路唱着歌回家。

有一次麦尔带卡拉去超市买杂货，人们看到黑色皮肤的卡拉，跟着穿一身破旧蓝色工装，上面还沾着白色漆粉的白人麦尔在一起，就报了警，他们怀疑麦尔非法偷盗儿童。

被带进警局的麦尔，虽然也大为恼火，但毕竟算不了什么大事，如同风吹一般很快就过去了。

可是没过多久，出现了一个让麦尔无法接受的传言，有人告诉他，卡拉不是他的女儿。如果卡拉是麦尔的女儿，她怎么可能那么黑呢，竟然连白人的一丝血统痕迹都没有。毫无疑问，卡拉的父亲跟她的母亲一样，只能是黑人。

麦尔在这突如其来的打击里，变得敏感而脆弱，当他意识到街区的每一个黑人，都可能是卡拉的生父时，麦尔感到了前所未有的力不从心的伤痛。

麦尔放弃了对卡拉的爱。

在麦尔看来，卡拉变得越来越黑了。

麦尔开始一个一个地进行推测和排查，后来他终于找到了信服，而又符合事实和逻辑的完全可能的那个人。那就是住在三个街区后面，另一个社区的叫亚历克斯的人。他就是卡拉的父亲，那是唯一的可能，这个镇上成年黑人屈指可数。

十多年来，麦尔从没有见过亚历克斯。甚至从来没有留意过这个名字。他只知道亚历克斯是妻子在镇上的烘焙俱乐部里认识的，之后她去亚历克斯家烘焙，喝下午茶。这么多年来，妻子偶尔会提到亚历克斯："今天我要去看看亚历克斯。"或者她会说："亚历克斯邀请我好几次了，我都没有去。我感到抱歉。"

每次麦尔对妻子说的话从来都不假思索，也不会追问，更不会知道为什么，他总觉得妻子口里的亚历克斯，是一个同性恋。

麦尔感到后悔，他不应该相信或轻看一个同性恋，更应该好好听听妻子口中的亚历克斯，到底是一个怎样的人。不然他也不会对亚历克斯，做出这样一个错误判断。不然他的妻子，也不会像今天这样，给他留下巨大的羞辱。

街坊口中的亚历克斯，是个了不起的银行家。

后来人们每次谈起亚历克斯，麦尔都不作声地听着。

他即刻想到亚历克斯会在清晨起床后，用熨斗烫平裤脚，顺势将熨斗立起放在左手边的情景，可能他还会打起一个恶心的领结。麦尔恨透了这些老式的讲究，这样常规又正式的工作，想起来都会要了麦尔的命。而如今，他相信了亚历克斯就是卡拉的生父之后，麦尔就更加厌恶他那些近乎腐朽的行为，更不可能去"拜访"他了。

在这些事情上，西蒙表现出异乎寻常的兴趣，或者他从来就对传言或鸡零狗碎的事，有一种依赖性的偏爱。他会在不同的场合提起，即使是说过了的，他也会忘了，每一次的重复在他那里都被他当作新闻来对待。

"你爸爸告诉我，你的父亲是其他人。你的母亲曾背叛了他。"

西蒙不会继续说下去，他想有所保留。以便下一次他再开口时，还能像第一次一样精彩。

西蒙除了说卡拉的事，他对摩根太太家的事也很上心，摩根太太女儿的肠子是移植了猪的，这个传言先就是从他那里出来的。

刚上大二的卡拉，从西蒙那得知麦尔不是自己的生父时，她也不知所措。麦尔对她的冷漠，这会儿在她的心里构筑起了一堵墙，或者这堵墙更多的是，卡拉通过西蒙的嘴建立起来的，连卡拉自己也无法撼动。

她想离开镇子一段时间，一切都让她感觉压抑和厌倦。

卡拉开始着手申请转学，可是她的学分，无法转到任何大学去。如果她去别的大学，就意味着一切又得重新开始。卡拉站在窗前，只想一走了之，离开这个让她伤心的是非小镇。她看着不远处光秃秃的山顶，心里的忧虑加重了，再往西就是一片看不见的墓地，她母亲就葬在那里。卡拉感到那些压在心里的忧愁，此刻同样地也压到了母亲的墓碑上。

卡拉不想在这些枝节上再耗费时间，她直接选择了休学。她就这样去到了纽约。

如今又回到家里的卡拉常想起自己的母亲，想起服用大麻治疗的麦尔。那个编出各式各样荒谬的借口，不断拒绝卡拉和妻子存在的可笑的麦尔，那个对外宣称他一直不曾有过婚姻的麦尔。那个令卡拉愤怒绝望的麦尔，他的手早在四十几岁就开始颤抖，握不住很多东西了。

卡拉也会想到亚历克斯，那个自己也不曾见过的生父。那个皮肤恐怕黑得连脸上的皱纹都看不清的父亲。那个一直住在几个街区以外，卡拉从来不知道他存在的父亲。那个可能连他自己都不知道自己有一个女儿的人，他对所发生的一切一无所知，甚至不知道卡拉母亲的棺木埋在了什么地方。

西蒙告诉卡拉，他在储存仓找东西的时候发现，她母亲生前去亚历克斯家用的烤盘还留在家里。卡拉母亲在生锈的烤盘上贴上了"还给亚历克斯"的字条。

卡拉终于找到了理由和勇气，去见亚历克斯一面，将烤盘还给他，然后转身就走。她也想看看给自己生命的人，到底是个什么样子。

在又和麦尔大吵一架之后，卡拉终于明目张胆地打听到了亚历克斯的具体地址。亚历克斯已经不住在从前的社区里了，他已经搬到了新的地方。好在斯阔米什镇并不是很大，人与人之间多多少少，都知道一点相互的信息，找到亚历克斯并不是很难。

现在卡拉的生父，一个本来与卡拉无关的人的地址，握在了卡拉的手里。她似乎握住了时间的前端和尾端，就像握住了一种命运那样令她感到举棋不定。

是时候了。她一再提醒自己，可是她却动不了身。显然这比一年前离家出走要艰难许多。

麦尔知道卡拉要去见亚历克斯，立刻显露出一个油漆匠本能的态度，他放下一个被欺骗被侮辱的男人应该保持的强硬身价，请求卡拉别去。卡拉并不理会他的请求。麦尔开始试图用谩骂卡拉的母亲，来阻止卡拉。麦尔将谩骂变成抱怨之后，卡拉意识到了她与麦尔之间不可逾越的那堵墙，就要倾塌了。

麦尔走上阁楼，他停了下来，转过身面朝着客厅的玻璃说："我会让亚历克斯消失，说不定这个机会将是你给的。"

卡拉哭着对麦尔尖叫，回击麦尔说，她一定会把这些年，她知道的关于他非法销售大麻的事告诉警察，让他做一辈子的粉刷匠。

报警原本也只是卡拉与麦尔之间，越来越频繁的争吵时的发泄，卡拉觉得无路可走，将这句话扔给麦尔，让他有所惧怕和不安。

卡拉真的报了警。

卡拉在自己的房间站着，望着窗外的雨，和往常一样，雨就像是给她预备着的。

她不再惧怕麦尔了。麦尔已经被警局带走。

卡拉将写有4033号的便签条放在手袋里，从地下室里找到了那个烤盘，烤盘表面上已经生锈，右边的扶手处被重物压扁了。卡拉母亲写的那张黄色的字条还贴在上面。因为可能之前沾上了水，卡拉母亲的字迹已经浸染开来，里面还留有依稀可见的面粉，面粉遮住了部分墨迹。

那是一栋灰蓝色的房子，两个长方形的白色窗子，房子前面有一排蓬勃的常青树，修剪得很整齐，一株带刺的她叫不出名字的植物，歪斜着攀附在右边的一棵小树上，开着粉色的花。再往前是一个绿色的邮筒，旁边是木头打成的信息栏。

卡拉站在4033号门牌前，她一下子变得虚弱起来，她发现自己突然间丧失了勇气。她抬起手来，仿佛举着沉重的货物无法落下。她想将烤盘放在门前就走。她走下石阶，转念又想，也许亚历克斯还会想到是她的母亲来过了。

她折回身来，重新走上石阶。

她停在门前，深深地吸了口气，决定敲开这扇门。这扇门背后藏着她从未相见的父亲。他也许还没有结婚，组成自己的家庭，也许他一直都在等待她的母亲，也许因为他的脾气古怪，没有人愿意和他结婚。这年头的银行家脾气都不大好。

门开了，一个黑人女人先将头露出来，然后是整个身体。

卡拉吃惊地再次抬头看看门牌，她显得有些唐突和支吾："你好吗？"

　　卡拉在躲闪中还是看清了眼前的这个女人，她脸上的皱纹，一直长到她的脖颈儿处，蔓延到她的胸前，在女人抬起头说话的时候暴露无遗。她比卡拉还要矮，她和任何在镇上碰到的女人都一样，不会有任何不同。一个爱好登山，整天穿着紧身的运动衣，运动裤拉至膝盖的女人。眼前这个女人多多少少，还和自己已过世的母亲相像，那个眼影涂得盖住了整个眼皮的母亲。

　　至少卡拉认为她的生父，找了一个正常的女人，一个绑着穗辫，绑扎在头顶但又没有固定好散落下来的女人。至少这一点还是让卡拉没有过于失望。

　　"我很好。请问你找谁？"那个女人平静地说。

　　"我想请问亚历克斯在吗？"

　　卡拉站直了身体，至少现在她已经没有先前那么慌乱了，她将头稍稍放低，这样就不至于通过女人的肩，看到屋子里去，显出不礼貌。她还在心中盘算着怎样回答女人的问话。

　　"我就是。"女人说。

　　"不，不，不，我要找亚历克斯，也许是他的简称。我并不太清楚。也许全名是亚历克斯山大。他在银行工作。"

　　卡拉有点语无伦次。

　　"我就是亚历克斯，亚历克斯山德拉。人们叫我亚历克斯。我的确在银行工作。"

　　女人笑了，满脸的皱纹堆积在一起，她显出了几分歉意说："是的，人们会弄错我的名字，误认为我是一个男人。你知道，这种尴尬的事情常常发生。亲爱的孩子，你不用担心，你并不是第一个。"

　　回去的路上，卡拉没有径直往家走，而是走到了别的街区去了。所以当她走到属于她们的街区时，天色已经暗下来。她是从另一条街顺着那排行道树绕过来的，远远地她看到了自己的家，冷冷清清的红房子，孤寂地立在暮色里，在她的心里冰冷坚硬地随着她的脚步移动，显出前所未有的苍凉。

以前西蒙常在这个时候开灯，然后离开他们家去和他的朋友喝酒。西蒙，已经有很长一段时间没有回来过了，自从麦尔被警察带走以后。卡拉开始感到后悔，是她将麦尔送进了监狱。将自己的父亲送进了监狱。这个世界最终只剩下她一个人了。

卡拉起初只是想给她父亲一点教训。可是谁知道，警察查出麦尔早在几年前，买下了一个私人废弃的巧克力加工工厂，用来非法种植他的大麻，然后贩卖。

小镇上过量的大麻的源头，全来自麦尔一个人。他本来借着自己的病痛，可以无尽地享受医用大麻给他带来的特殊福利，但麦尔却用此来赚钱，警察自然不会轻易饶过他。

大麻的胚芽还有三周就会成熟。大麻新鲜的嫩芽已经开始发出不曾闻到过，也不曾听别人说起过的迷人香味。还有四个星期，最多五个星期，这些大麻的蓓蕾就会成熟。

那些植物整齐地排列在工厂内，窗户四周遮蔽的窗帘从不曾拉开过。后来有人将窗户打开，光线照进工厂，工厂里不再有那样强烈而浓密的人造灯光。警察拉起了黄色的警戒线，关掉了那些虚伪、令人感到不安的灯光。

有人从密密麻麻粗大的管子下，将盆栽大麻一个个搬出了工厂。水管下方的那些茂盛的植物，每一株都透出很好的长势，栽种在大小不同的花盆里。左边还有一个仍在转动的电风扇，旁边放着一个沾有灰白色漆粉的梯子。

原来麦尔也不是完全不懂得园艺。

回不去的故乡

　　加拿大英属哥伦比亚省的斯阔米什镇，是个距离温哥华不远的小城市，杏子从中国去到那儿上大学。通常将她当作日本人的，都是镇上的老人。他们没见过亚洲人，认为圆圆的脸蛋，笑起来露出两颗牙齿，说话小声的就是东京来的。只有出过这个镇上去过其他地方工作，那些中年人，凭着杏子的打扮，言谈举止，才能断定出她是中国人。

　　他们在温哥华见过中国人做生意。但他们只知道上海，不知道其他城市。每次杏子也只是笑笑，不做辩解。所以谁也不知道她究竟从什么地方来。杏子喜欢这样，反而对能够脱口而出说她是中国人的人感到反感，拥有清晰的民族偏见的人，武断又敏锐，杏子坚信他们的依据，绝不是看到了她身上什么好的品质。

　　太阳还没有出来的时候，斯阔米什镇的教堂笼罩在一层青蓝色的薄暮里。

　　从山下的公路往上看，教堂侧面的墓地，那些刚开出来的带刺醋栗花，黄色的在没在矮灌木丛中很美。

通往墓地的小路上，有一棵枫树，走过时，杏子总是忍不住伸出手去，她喜欢风吹动树叶时她触手感到的抖动。也许只有在这样的时候，她才能真正感觉到自然中与之相通的微妙之处。

杏子沿着教堂侧门的石阶，走过那些在秋天里发黄的草丛。想着听那些牧师布道，并不是自己到教堂的真正目的，心情变得微妙而复杂。正如那些教堂里的老人善意的希望那样，杏子能在这样一个地方碰上一个好男人，至少是可靠的男人。

出国前，朋友就说移民最好的办法就是嫁给外国人，谁都知道这基本上是个秘而不宣的捷径。拿到枫叶卡或是加拿大永久居民证，才是出国的正理。想着自己将来的孩子在红色的枫叶树下走着，一切都是值得的。

上帝会不会成全一个人真正的心愿，她并没有确切的把握和信心。总之，来了比不来会多一份希望。

在教堂成为一个基督徒并不难，难的是成为一个真正的基督徒。

小时候，杏子手捧《圣经》时是多么的虔诚。她从中领略到了那些字里行间隐藏着的某种启示和力量。被老师撤掉了班长的资格，那个倍受打击的下午，独自走进老师的办公室，试图请求老师的原谅。她记得她给老师说了，再给自己一次机会。老师将她推到门外说应该把机会给别人，她哭了。哭着走过长长的走廊，迎着打扫卫生的同学，东跑西撞地将水洒在她的身上。那个下午的阳光无论落在何处都是晦暗的阴影。她想把这件天大的事情告诉妈妈，可是妈妈留给自己的是长长的黑夜和难以归家的等待。

第二天走进教室，早读课时新任班长拿着老师的木头长尺，背着手在课桌间走来走去，手里的尺子不时地在杏子的书

上敲一下。趾高气扬地走在杏子身边，指使杏子去学校外面摊
贩那儿买热狗供奉。踩在杏子的凳子上，扔掉杏子的作业本却
告诉老师，杏子没有交作业。孤立、罚站、罚抄，有口难辩。
操场上，体育课同学们结伴玩游戏，在草地上追打。杏子手
捧厚厚的《哈佛大学课堂》，坐在闹声中。这本书读了一遍又
一遍。每次背着厚重的书包出门，妈妈问为什么要背那么多书，
杏子说有体育课，没有人和她玩。妈妈看一眼杏子，不说什
么，她们各自朝东。

"上帝总会将一束光照射在需要的人身上。"

《圣经》就是上帝给予的那道光吗？

杏子读到了《圣经》，读到了圣徒，还有《圣经》底页上
通往耶路撒冷的地图。这个世界上远离我们的城市，终究成了
杏子无限向往的地方。

《圣经》杏子是从小姨那儿看到的，与小姨一起信奉基督
的姐妹们，对杏子充满了热情。给她做不符合教规的想当然的
洗礼，让杏子成为想当然的基督徒。

在国内时她很少去教堂，去教堂祷告的记忆，远不如圣诞
节她的爸爸将她扛在肩膀上，在人群里挤着涌向教堂。从杏子
有记忆开始，父亲总爱将她扛在肩上，让她看到更远。那是
一九九九年，父亲扛着她，双手拉着她的小手，对她说，"二
十一世纪来了。孩子，千禧年！"杏子那时候并不知道千禧年
承载着什么，更不懂人类对一个无上的黄金时代，和平天堂的
启示的渴望。

满街的人都涌向了那里，后来的圣诞节交警要加岗，交通
在通往教堂的主干道上全部瘫痪。

那个时候她不知道教堂是做什么的，只想那一定是个好玩
的地方，那么多的人都往那儿去。

成为基督徒之后，杏子突发奇想地去过两次教堂，其中一

次还误走到天主教堂里去。那时对教堂还没有明确的宗教分别，以为是教堂可能都是基督教堂，唱完圣歌才发现歌颂的是圣母玛利亚。知道走错了地方，逃出来畏畏缩缩地向路人打听，原来基督教堂在另一边。

教堂里的无论老幼一律称作弟兄姐妹，这让小学生的她感到很难为情。他们卖给她一本新的《圣经》。家里书架上有很多本《圣经》，每一本封皮上"圣经"二字都镀上了金边，唯一不同的是这书的扉页没有染上朱红色，显得不那么庄重，杏子因此不想再去那个教堂。

教堂的音乐已经响起，风琴手再次弹奏巴赫的《d小调托卡塔与赋格》，鼓手被一根柱子遮住，从杏子站的角度很难完全看清他。一缕阳光反射在廊柱上，空气中涌动着的纤尘游丝一般地飘浮。

秋天的阳光总是那么明丽。

鼓手停下来，他的身体在那一缕阳光里，显出一种超乎寻常的游离。他的一举一动牵扯并打扰着杏子的视线和注意力，越是看不清，就越是显得迷离。他是杏子在教堂里见到的唯一年轻人，又因为他特别慵懒的苍白，举手投足都注入了一种陌生的距离。他的身体里散出一种东西，让杏子莫名地感觉到信任。她曾努力想过那是什么东西，或者是他的眼睛里的茫然不定，带几分天然的忧郁，或者就是距离本身。

唱完圣歌杏子走到廊檐下，那儿已经站着好几个老人，都是杏子常见过的，他们抬着纸杯喝水。

斯阔米什这个镇子太小了。杏子每周日去做礼拜，教堂里全是像长着白色绒毛的卷发老人，有那么一瞬会让人误以为进了敬老院。

杏子埋头接水，一个老人靠近她说："你今天看上去很好。"

杏子笑着冲老人问好。

"毕业了怎么打算?"

"还不知道,再续工签挺难的。"

杏子抬头,天上有鸟飞过。天空碧蓝,让人充满了很多的想象。

"所以说叫你嫁个人嘛。"

"没有想的那么简单。"

是的,一切没有想的那么简单。杏子自己一个人的时候何尝没有想过。更何况,母亲那些朋友里出了国的女儿中,大多都用这种方法移了民。连以前那些女儿曾抵触过的黑小子,如今也满心欢喜,只要他们有北美洲的国籍。她们大多在教堂相识,她们说,教堂里的人善良,不轻易猜测别人的心思。不会轻易玩弄女人。

"贞洁"是《圣经》上写的,在老太婆们的嘴里变了一个讳莫如深的障蔽,相比之下,教堂里的人当然最安全。纵然最后落得结果不好分手了事,也只是一种失落罢了,不至于有什么大不了的悔恨,回中国嫁人时也有底气,觉得自己并没有损失什么。你只要说你上一个男朋友是基督徒,他们就知道你在国外的生活并不混乱,没有随便带男人回家,过着较为正常的生活。

"只要你真心求主耶稣基督。将一切交给主。"

每次祷告将真心交给主,她偷偷地环顾四周,他们都将头埋在手上,看不见他们的真心。

"主也管这种事?"

教堂里那些虔诚的老太太,她们握着杏子的手:"来,我们共同来为你祷告,让你将来能找个基督徒。"

耶稣在老太太们的嘴里变成了中国的月老。

杏子在杯子里倒上红茶，搅拌牛奶，走过一排排座椅，选一个靠边的位置，她没有即刻坐下，她先将茶杯搁在椅腿边上，用余光扫视四周，然后她靠近离自己最近的人寒暄。每一次她都会选一个镇子里新近发生事作为话题，尽量将自己显得与周围的一切融合。

"这周六下午鹦鹉街的义卖会，你去了吗？"

她一次也记不得他们是怎么回答的，不是杏子不愿听，而是老人讲话声音太小，她只光顾着点头回应。

他还没有出现，杏子的两只手紧紧地捏着，汗涔涔地捏湿了一张纸巾，张开手掌才感觉到自己的紧张。

他来了。那个黄头发的鼓手出现了，他从教堂左手边的安全通道去了，从侧边那里上了台，在第二个曲子响起时，他的到来准确无误。

他的手举起来的时候，所有的音色在那一瞬间，放出一种奇异而明亮的光，如同光洒在水面上闪了一下。或者是因为他的手，一切是那样别有意味。像是所有声音里穿越时间的那个不张不扬色泽精美的斑点，荡开的光亮，轻如早晨的薄雾缭山绕水。

杏子绕过门廊，走下石坎，曾经有那么一次，她在这儿与他擦肩而过。是的，他的身体里有一股子莫名的书卷之气，就是这个气息让她相信了他。

再往前走，就闻到了草叶的味道，风吹散了从树上掉下来的叶子。秋天竟然也是热烈的，其间有一股浓烈得化不开让人窒息的东西，既是惆怅的又充满生机。

草坪上站着的人正在谈论着与股市有关的话题，几个白人小孩将一片树叶张开在太阳底下。唱早祷时，杏子就看见了他们。那些清晰的脉络，曾经让杏子认为是另外道路的树叶的脉络，给过自己怎样的关于世界的想象。

空气中有一股紫檀的味道，在风中若有若无地飘浮。人们开始自由走动，更多的人走了出来，他们踏过草地悠然地说着话。

杏子是唯一一个来教堂的黄种人，剩下的全是白人，就连黑人也很少出现，只有感恩节的时候会有。平日里他们都会隐藏，尤其是教堂中，社会想要回避的种族异样，尽力不让任何人感到不适，但这样的做法仅仅是白人对自己内心的宽慰。

地上有橡树的果子，白人的小孩拿在手上举起来，透明的蓝眼睛闪着光，他们高兴地跑着，跑到杏子跟前时停下来，打量她，然后又跑向别处。

国外的阳光是明媚的，所以孩子们也是明媚的。不像自己灰头土脸地成长，晦暗地在复杂的家庭中，总有被挤压的感觉。无论是在学校还是在家里面对杂乱无章的亲戚。

之所以说是杂乱无章的，是因为他们对待杏子的态度上首先是杂乱的。整个让杏子感到无序，无论是他们说话的声音还是做事的方式。家里总是吵吵嚷嚷，难得清静并不是他们在吵架，而是他们总是用这样的说话方式。似乎只有这样一种方式是符合于他们的。

每年的春节，下过几场雪后，接近年关时，姨妈们回到杏子的姥姥家，七嘴八舌地说话，围绕着一台工厂里废弃了的钢管敲打出来的铁炉子，洗菜做饭。炉子就在阳台上，姨妈们没有回来的日子，炉子上会烤满了从北方邮来的海货。偶尔杏子和妈妈可以尽情地享受那些，真正来自大海深处的东西。

姨妈们把整个阳台弄得震天响，姥姥给她们讲四楼住的女人，讲他们是"超生游击队"，每次都要讲。矮个子黑眼眶，煤老板的女人。煤老板在那栋楼买下了好几套房子，给那些孩子一人一套，房子都空着。

她们一边听，一边惊奇地笑着。一个挖煤的男人，让一个女人生四五个孩子，不知道在这个城市的哪个角落的楼盘里，同样住着为他生下四五个孩子的女人。闲天的时候，杏子一个人站在阳台上，能听到四楼家的"游击队员"，一个个坐在阳台的护栏上，他们一惊一乍地说着话，声音忽高忽低地飞到屋外。杏子将头伸出去仰面向上，只能看到他们穿着的深蓝色衣裤，偶尔从铁护栏杆吊下来的一只脚，悠悠荡荡地悬着。

这群漆黑来自煤洞的孩子，跟杏子有什么不同呢？他们有妈妈，整天聚居在一起是多么的热闹。他们有他们将来的房子，一个一个都买好了，将来衣食无忧，尽管作为煤老板的爸爸一次也不来看他们。而杏子有什么呢？一群在杏子面前吵吵嚷嚷的姨妈？

杏子无论蹲在阳台的哪个角落，都会被忙来走去的姨妈们用腿踢一下，以示她挡住了她们的手脚。她们一边搡一下杏子，一边说着四楼的煤孩子们总是还没有上楼，就会提前高喊着开门，生怕不能及时进门，就像是晚了就会被人抓走一样。她们笑杏子也跟着笑，虽然她并不觉得好笑。

她们对杏子的不待见，首先来源于对她爸爸的不待见，更何况他还患上了肝病。好像肝病就是到处爬满了虫子，她们就是这样告诉杏子的。说你爸爸有虫，手上脸上衣服上，还有吃饭的碗里。杏子和爸爸的碗每次吃完饭后，被丢在阳台外面的架子上。

肝病在她们家就通称为虫。四处漫溢的虫子到底是个什么样子。杏子当然无从想象。她有时候将它们想成肉乎乎的，长在夏天长在冬青树叶上的猪儿虫，那种虫绿里透出淡蓝，让人恶心，时而将它想成是一条浑身长毛的阴暗的毛虫，让人毛骨悚然。于是杏子对自己也惧怕起来，有虫是可耻的令人抬不起头，这就是她感觉到自己在家里的地位，跟她的爸爸一样低三下四的原因。

　　杏子长得像父亲，连手指上的指甲壳也像，一点白色的月牙都没有。姨妈们嫌弃有虫的杏子，不愿和她一桌子吃饭，说那些虫在杏子身上不发作（杏子的化验单上显示的都是阴性），就是等着钻进别人的身体上更好地发作。她们用手包着布，从阳台上取下她的碗，拿进洗手间打开自来水管冲一下，盛上饭，叫猫狗似的示意杏子单独坐过去。姨妈们的孩子全都坐在与杏子相反的地方，他们有说有笑，他们才是真正的亲戚。

　　虫在杏子心里又是充满着灵性的，因为它不伤害杏子，只伤害伤害她的人。

　　虫是有罪的，可耻的怀揣着虫的人永远要低人一等。这一点杏子从爸爸抬不起头的狼狈相里深有体会。那个看不见的虫，每天都在她的心脏的某个地方，一点一点的啃咬着自己。有时候她会觉得自己就是虫，对于它们发出的声音，像是喷出来的毒液，浸泡其中奄奄一息。有时候，她就想以毒攻毒，爬进它们的身体里，让它们倒在自己喷出来的毒液里。

　　后来她端着她的蓝色的瓷花小碗，安安静静地坐在不开灯的客厅里吃饭，她们不管说了什么，都假装没听到。偶尔她伸出筷子，她只是示意想要夹一筷菜，她并不敢将筷子真正夹下去，从来都没有那样做过，就会被另一双筷子迅速地打开。那时候，杏子觉得她身体里的虫会喷着雾飞溅一样，让她们胆寒。她小小的心脏会突然被一种恨的快感占满。

　　而她妈妈的冷漠也依然不变。

　　杏子感到自己和妈妈之间一有种距离，像是被时间或者别的东西阻隔出来的，狭小的陌生的障碍的距离，使得她与杏子之间不像是母女。至少她在杏子眼睛里是不可以靠近的，她的张惶又执着的奋不顾身的对男女感情的态度，让杏子在那些母亲每每哭泣，闭门不出，疯狂地在电话里吵架的夜晚，感觉到黑暗是由她的母亲带来的。

是的，没有边际的黑暗，听着外面的树叶掉落下来，自己就掉进了自己的黑暗里。这个世界就是由时间和身体形成的一个黑黑的洞，让人找不到出路。可是她的母亲在那些没有出路的黑暗制造中，很快又给自己找到了出口。

母亲出入高档西餐厅，偶尔带上杏子，告诉杏子左手拿叉右手握刀，动作娴熟地给杏子的牛排浇上黑胡椒汁，那个器皿拿起来像阿拉丁神灯。母亲唱："这么多年我竟然一直在寻找，找那条流淌在心中的河流……"这是一首流行歌曲，那时候其实她唱的不是这支歌，可是杏子记得母亲就是那样唱的，至少是她声音表达了相同意思。

她不知道母亲心里的河流是什么，也许是一个又一个的男人。她的容颜是要被她的热情销蚀殆尽，剩下一个灯红酒绿的躯壳。所以母亲和时间一样，对于杏子是陌生惊恐的。

她喝洋酒先是加冰，然后还要往里面加冰红茶，将杯子举起来，偏着脸看酒的成色。纸醉金迷地抽烟，谈论各种流行音乐和诗歌，围各种各样的丝巾，有时候会用丝巾将长发束起来。用绘过的彩色指甲压在杯子上，看着杏子说："张爱玲的妈妈要求张爱玲每天照镜时看清自己，你明白是什么意思吗？"

杏子不知道张爱玲是谁，更不会知道照镜子是什么意思，至少不知道母亲这番话的意思。心里想着朋友之间总是那样像，这个倒霉的张爱玲的日子跟自己差不多。天下的妈妈都是相似的，相似的人都会成为朋友。

杏子的母亲在酒吧里喝酒抽烟，一支接一支地将自己完全沉没到烟雾里。她说她不喜欢将生命的热情用外露的肢体宣泄，她也许更喜欢自我焚烧的狂虐和冷静。杏子从镜子里看到母亲抽着雪茄的侧影，看着她将整个脸埋伏进一道光里，她感觉到她们彼此是那样的遥远。母亲生活在泡影一样的光亮里，醉生梦死地做着白日梦。而杏子只是她白日梦里的一件器物。

冬天下雪的时候，姥爷将花盆移到家中，站在凳子上光秃秃的马路暴露出来。雪地里东倒西歪的脚印，透出整个住区的破败和荒僻。那是一个城区的死角，没有公交车通过，房屋的前面是一家废弃的汽车制造厂，红砖黑瓦就连雪落上去，都像是落在了遥远的地方，生疏里透出的荒凉，有一种被时间或者世界隔绝的感觉。大门口的墙角处依然堆放着，夏天工人们游行时丢下的花圈，拉在大门上的布标，门前一棵高大的银杏树上落满了雪。

杏子的父亲，患肝病的父亲从落雪的银杏树下走来。他穿着深色的棉警服，戴着棉帽，雪落在棉帽上，唯独露出了头上的徽章。他带着一身寒气，像是从很远很远的地方，经历了很多的事情和时间。自他与杏子的妈妈离婚后，仅只一次从那里走来。他站在楼下叫杏子，捧着烤红薯。杏子接过红薯，手里的红薯上留下父亲紧握红薯的余温。表哥表姐们冲下楼来，从他们身边跑过，呼哧呼哧地忙着放鞭炮。鞭炮的声音在那个下雪的冬天，每一声都是晦暗的，甚至是破陋的。

父亲留在红薯上的温度，让那场大雪纷扬不止地留在了杏子的心里。

杏子除了周日去教堂，平日在学校早上上早课，下午去镇上的图书馆学习，周一到周五，基本天天如此。不仅仅是为了节约高昂的电暖费而选择待在这里而非家中，也是为了图书馆里一杯廉价的咖啡，几块简易的榛子饼干，还有一点热闹的人气。

不上课或者是不去教堂的日子，实在是太寂寞了。她有时会去问图书管理员借上几张网上难找的电影碟片。图书管理员正埋着头整理桌面上的东西，杏子怎么也没有想到会在这里碰上他，那个鼓手。之前杏子从来没有在这里遇见过他。

他接过她手中的学生证，对着号码给她在电脑上开了一个账号，让她设置几个别人猜不中的安全问题以及相应的密码。

他蹲在柜台下面翻弄着钥匙，杏子即使看不到的手落在那一本书上，那些清脆的声音，也能让她感觉到，一些书从上面掉下来了。

杏子第一次如此近地看清了他，她想象着他的双手，手关节上的汗毛。他应该属于早期移民，但是他身上依然保持着地中海的特点，虽然他完全失去了迷人的意大利口音。

他拿上钥匙从前台边上的口子掀开门板绕了出来，示意杏子跟他往楼上走。

杏子比之前离他更近了。

他的面部骨架是传统意大利人的硬朗长相，面部神态全靠双眸的深邃和明亮做支撑，两个眉毛虽然浓密，但没有连在一起。眼皮叠加成了分明的两层，嘴角直直的和下巴平行，笑的时候鼻子两边的两条线撇成八字。下嘴唇要比上嘴唇厚一些。卷头发的颜色是深棕色。

他似乎也意识到了杏子对自己的打量。

"你还在上大学吗，从哪来？"

"是，从中国南方来。你呢？研究生？"

他食指上挂着那串钥匙，一边为她推门，一边回过头来确定她跟上了自己。

为了跟上他，她谨慎地低头看着他皮鞋脚跟。又怕靠得太近踩掉了他的鞋，所以两人保持忽远忽近的距离。

"哦，中国。"他微微转一下头，却没将整个脸转过来，用手挠了一下头发，像是想起了什么。发鬓两边被他剃得很干净，看得出来是早上刚剃的，上面还有未揩干净的胡须。

"我已经工作了。只不过不是在这儿。"

杏子想说她知道，她在每周日教堂礼拜时都在台下看着他，甚至好几次忘记了唱圣歌。话到嘴边又觉得似乎并不妥当，生怕引起了他的误会。

他对杏子突然的默不作声感到了不适，转过头来看了一眼杏子。杏子的肤色像是剥开的巴旦木内的仁白，淡淡带着稚嫩。两人的目光落在了一起，他会意地笑笑，确定杏子并不是对他所说的一切不感兴趣。

"你认识 Megan 教授吗？"他在放碟片的书架边上蹲了下来，找电影的编号。

"M-E-G-A-N 吗？"她也蹲了下来。杏子再次确定自己听到是 Megan 而不是没有少听到一个 A，不是 Meagan。

"对。你认识吗？"

"教海洋生物学的那个短发教授？"杏子此时还不能完全确定，试探地问着他。

"对，是她。你认识？她住在我家不远的地方。她是一个好教授。让人敬畏的人。我们见过几次。在你们学校我只认识她。不过听说你们学校好像很小。是真的吗？"

杏子不确定他所谓的小是怎样的，就问："你是哪个大学毕业的？"

"开普兰大学。"

"你们大学算大还是小？"

"咦，应该是上一层。下面这一层就是 C 开头的了。"

他没有回答。他站起身来然后给了杏子一个侧面，他的手指换到上一层的电影盒上迅速地在上面滚动。这样杏子想起了音乐盒中的齿轮与另一个齿轮的摩擦，以一种特别的速度不漏掉其中的任何一个。

"电影是两周内需要归还。"

"那是几日？"

他在键盘上敲了两下，用扫码的机器读了电影盒上的黑色条形码，鼠标点击确认。

他缓缓地抬起头说："也就是这个月的 28 日。逾期不归还一天罚一元，从你学生账户里扣除。这个电影我看过，两个半小时就能看完。没有问题。"他的两只手自然地合在了一起，眉毛向上挑，又补上一句，"哦，对了，我们学校算大的。"他摸了一下杏子的肩膀，"我想起来了，我好像在教堂见过你。"

他笑的时候，眉毛完全松弛了下来，基督徒拯救式的微笑。他的眼睛也没有眯成一条缝，在图书馆内的白炽灯下反而烁烁发光，他的瞳孔也拉大，好像将整个偌大的图书馆，改成了暖色调的黄色，杏子脸上绯红的燥热像成了液体的蜂蜜。

杏子的脚踩在红色的地毯上，飘飘浮浮如踩着高跷，有一种泥湿的温暖在她的心里滋长，她能感觉到它的柔软和绵延的温度。

透过图书馆明亮的玻璃，杏子隐约能看到他埋着头专注的样子。那个下午的阳光总是那么刺眼，让人眩晕。杏子的脑子里出现的光斑更多的是张辽的影子。那个微微发胖，比杏子大了十岁的男人。杏子不喜欢他戴眼镜，他就去配了一副隐形眼镜。他和杏子在一起走路风驰电掣，去买什么东西，将一只手揣进裤兜里，加快步伐速度，生怕杏子在商店门口等得太久。杏子喜欢他穿衬衣，他就每一次都穿和自己身材并不相符的衬衣，他衬衫上湿漉漉的汗渍，仿佛无论什么样的风，都无法将它再吹干。

他爸爸在乡镇开了个钢厂，属于乡镇企业，政府有扶持。可是张辽并不看好这个企业，他每天显得无所事事。他的爸爸穿一件破西装，整天骑一辆摩托车在厂里跑进跑出，摩托车在乡间的泥巴路上跑起来又快又省力。张辽瞧不起爸爸乡镇企业家的做派，尤其瞧不起他穿着白色的溅了一脚泥的破鞋，走起路来像是要在地上凿出一个孔来。

"丫头，你说我爸要是把钱都分给我妹了怎么办？"

"那你就带她去游泳。"

张辽开车来接杏子，转弯掉向急急躁躁，怕让她站在外面凉了，解开安全带替杏子打开副驾驶的门，将暖气调至最大，再递给她一杯热咖啡，虽然有隔热垫，但他又抽两张纸巾，怕杏子咖啡洒了烫着，看着她问道："丫头，你冷吗？"

他握握杏子的手，将之放在自己的腿上，然后继续开车。他说他的妹妹，说他妹妹的眼睛里长着的萝卜花，看人时像是往天上散光，说他的妈妈整天守着一笼火，到了冬天手上还是开出一道道血口。他说到了他爸爸的情人。就是那个女村长，支持他爸爸搞起钢厂的女人，扎一根大大的长辫子，接受来自各地的采访。

张辽总是喜欢这样不经意地说他们，没有一点情感的成分，那一切似乎都是自然生活中的流程，波澜不惊毫无色彩，他在开车的空隙将之向前或向后推一段路而已。这一切杏子在张辽轻快的口哨声里，很快就忘记了。她甚至不认为那一切是真实的，或者与自己与张辽有关的。

杏子是在高中时的一次同学小聚时认识张辽的，他是她同学带来的。在酒吧里同学们挤坐在一起，猜拳喝着酒和不同的饮料。红色的饮料淌满了桌子，张辽从外面进来，大概是个冷天，外面下雨了，他带着一身寒气从杏子身边挤过去，雨水的气味冰凉地钻进杏子的鼻子。他在同学的介绍下一个一个地跟同学握手，在同学的打闹和哄笑中最后落座，最后把手伸过来给杏子。杏子才十七岁，她还不习惯跟一个成年男人握手。所以杏子只是冲着他僵硬、略显愚蠢的样子笑了笑。

之后他们见过几次，在放学的路上，张辽把车停下来叫住杏子，然后带她去吃饭然后送她回家。偶尔他们会遇到同学，同学笑笑说你爸爸啊。杏子也笑笑露出两半她羞于露出来的虎牙说："不，我叔叔。"

张辽坐在杏子对面，他望着杏子翻过菜单。杏子在张辽的注视下，感觉到一种水流，暖暖地流过她所能感知到的时间和记忆。起初她不知道自己是不是在恋爱，跟一个成年男人，这是她从来没有想过的。当他的手落在她的脸上轻轻抚过她的头发时，她感觉到那是一种父爱的温暖和踏实。

在张辽面前杏子可以随时转身就走，而不用担心走出校门会看不见他。他就像一个家长那样，有足够的耐心等待着她的成长。以一个乡镇企业家儿子的身份，分秒不差地等待着。

等到杏子高中毕业，他已经子承父业，成为乡镇企业家了。而杏子却对他的乡镇企业毫无兴趣，那是个整日冒着浓烟的烟囱，他的企业给她这样的记忆。

杏子出国之前他来家里看她。想要进她卧室去说话，她却拉他在客厅。他从他的裤子侧包里，摸出一个知更鸟蛋蓝色的盒子。

"我自己来。"

张辽为她打开盒子，听看到她这么说，手又缩了回去，一时间竟然不知道放在哪里，来回在腿上搓了搓。

她看着项链，走到镜子前面，"你怎么买的是这一个？"

张辽先是愣住了，一时间不知道怎么回答。

"丫头，这一切和我想得不一样，一点也不一样。"

"你想的是怎样？"

杏子走到镜子前照了一下，看着那几颗钻石。又取了下来，她没有心思将之扣紧。张辽跟在她身后回到沙发上坐下，她一次都没有将脸转过来。

"你还是坐在卧室的梳妆镜前，我给你戴上……"

他看出杏子不高兴，杏子走到沙发边上，把项链取了下来放回盒子里。盒子上面黑色的丝绒毛，能看出是很好的材质。

"我知道你信基督，给你买了个十字架，上面都是真的钻石，以前买的那些都是碎钻，一点不值钱。你如果不喜欢一个月之内回去换也成。"

杏子听他说还有可调换，给他倒了一点茶水，只是放在他面前，也没有让他喝。

他很自然地端起茶杯，"丫头，你过去还要读几年书？"

"至少八年，搞不好要十年。"

杏子其实随口那么一说，她还没有想好是不是要嫁给张辽这样的男人，何况她对他有十拿九稳的把握，出国后如果不能留在国外，回来再嫁给他也不迟。她身边的人，一个个把婚姻搞成那个样子，除了生育毫无想象力。

"那不行，太长了。读完本科就回来。"

"那怎么可能？"杏子脸沉了下去，将原来跷着的右脚放了下来，取下手上的皮筋把后面的长发一圈圈挽起，伸手去摸了一下有没有多余落下来的头发枝丫。

整个下午他们背靠背坐着，她让窗户打开着，房间里有一股阳光照射的清新之气。透过窗户，她可以看到对面窄小的巷子，斜坡下那条石子路。她的母亲从那条路上走过来，一次又一次，她怎么会走得如此孤冷。她的脖子上就是在夏天也围着一块围巾，她像是从天外飘进来的一片云浮在空气中，在虚无中耗尽了她的生命之躯。

母亲在她的心里从来没有如此凄冷过，自从她的情人离开她后，她就像一株长在露天的植物，光秃秃地杵在眼皮之下，兀自散失了。那个神秘的大人物，母亲的情人，他们或者从来没有谈到过结婚。他可以同时拥有很多的女人，而她的母亲却把他当成唯一。唯一的希望和绝望都是让人窒息的。

　　杏子见过他一次，在一个停电的夜晚，刚刚下过一阵雨，道路两边的树木吸足了雨水，空气中充满了泥和雨水的味道。他横过马路走过来，他身体的重量在楼道里埋下了沉重的声音，敲门声响起时，灯熄了。杏子的母亲打开门，黑暗漫卷而来，这就是他带给杏子母亲的全部，以及杏子对他的全部了解和记忆。

　　杏子对母亲的了解，也开始于那个下午。母亲是孤绝的。

　　杏子回到家中，脱了鞋，将电影盒放在茶几上，换上一双袜子，在外面再套上一双棉袜，就不用再穿拖鞋了，即使浸湿了地板上的水也不会凉脚。她先打开厕所的灯，灯光氤氲地打在地板上成一个梯形，然后她踮起脚轻轻走到门边，通过猫眼看对面的灯是否亮着。

　　对面也住着一个中国女人，这个女人的故事四处弥漫，如同一股热烈的浊气。公寓里的人聊起她时，她是脱衣舞女郎。她身体里有一种很浓的混合的香水味，滞留在走廊里，缓缓地飘进杏子的房间，隔着门都能闻。让杏子产生了浓厚的窥探这个女人的冲动。

　　每次从外面回来，总能看到女人的门口放着花，或许是别人送的，或许是她自己买的。杏子从没看过对面女人的正脸。杏子偶尔听见声响跑过去看猫眼，她前半个身子已经进门去了，只剩下她的手臂别过去拉门把手，还有她的脚踝。杏子的脚踝和她比起来，像一只土黄色的雏鸟，羽毛被开水烫去了大部分。她的门上还贴了一副从温哥华中国城买回来的对联，这样在某个瞬间，无论是进门或是出门，杏子都会有中国的邻里感。

　　杏子只去过中国城两次，中国城在温哥华，加拿大的华人数温哥华最多。华人超市、孙中山公园、旗袍店，街道两边招牌都是繁体字，白天显得陈旧，晚上霓虹灯一亮，才会零星地闪起来。像是荒野中的加油站，无人光顾，灯却在几里以外就能看见。

就连华人联谊会也分得细致，上海分会、浙江分会，人数较多的，他们还以不记名投票方式选了副会长，一个会长总打理不过来。大多是广州浙江来的富商，说着各地的方言。购物的时候，从廉价区走过两栋楼中间嫁接的天桥，去了奢侈品区。但凡逛商城，中国人见到彼此，从不点头微笑，反而像是两种同类的动物，在玻璃镜中突然照见了自己，露出了让自身怯懦的原形，既生分不适又彼此轻视。他们看见金发的店员，才长长地舒了一口气，确定自己是到了国外，白人的世界即成了天堂。一切都是好的，是西方。卡也就顺着刷得哗啦啦地痛快淋漓。

晚上，杏子从猫眼那里看到对面的灯还亮着。杏子也在猜想对面的女人会不会也在通过猫眼窥视自己的动静，看一看她屋子里的灯是否也亮着。这既让杏子激动又让她感觉苦恼，激动的是在异国居然会有一丝相互牵拉的人的关注，无论以什么样的方式，对方是与自己有关的。可是杏子又是那样的不适，觉得自己暴露在阴暗的窥视里是不光彩的。她索性用一张粘上了胶布的布料盖住了猫眼，如果用纸，光线就会穿出去。

后来确信她只是脱衣舞女郎，花是一个越南商人送的，那个人看上去已经有七十岁了。杏子才松了一口气，因为脱衣舞女郎大大咧咧，直接又温情，从来不会过虑除了男人以外的事，更不可能观察她。杏子将那张布取了下来。杏子感觉到了距离，和很多年前感受母亲与她之间的空旷感相似，中间横着叠了一层又一层冰冷脆弱的玻璃。

天气骤然的冷了，那种湿得晾不开的天气，让人的身体也有一种湿透了的含糊不清的感觉。

他站在门口，敲了两下门，声音像是他每一次打击鼓点一样节制。对面的女人打开房门，她把门口那束并不新鲜的花，往外推了半尺。杏子开门时，她留给杏子的依然是半掩进门的身子。

杏子将用整个下午做好的咖喱放在桌子上，他坐下来，杏子打开窗户，让风透进来。外面在下雨，空气中有一股阴湿和着香水的味道。

他仍然穿着昨天去教堂时穿的那件衣服，中长的袖口向上翻了一转，头发像是特意剪过了，露出来的鬓角显出的苍白，远比之前她见过的都更清晰。

她身后的墙上，挂着她从中国带来的一块蜡染，画面上印着的是"蛙人"图，漆黑的背景和"蛙人"变形的四肢。他每一次抬头，眼睛正好落那儿。杏子转过头歉意地笑笑。她第一次看清了它举起的双手上的蹼，方形的阔嘴吞噬了黑暗，变成了暗红。那样的红色是感觉出来的。或者她从来没有联想过蹼是可以在水里浮动的。她给他说这是个图腾。她很小的时候，家里的门上就挂着这幅蜡染，在她心里它是另一个意义。

"我家里有一个妹妹，还有两条狗。"他说。

杏子将盘子放进水池，点燃托盘中的蜡烛。天就是在那一瞬间黑下来的，杏子记得他的身体在烛光里映在墙上有些颤抖，她不知道是那个影子在抖，还是他在抖。

她告诉他当年她们家房子靠山，树影移动过来会遮住挂在门上的"蛙人"。她喜欢午后那缕移动的阳光，更甚于所有的父母离异前的时间。

整个下午，映在杏子脑子里是那黑暗的张开的四肢，与他苍白的身体形成鲜明的对照。她把目光从他躯体上移开，她听到对面的女人打开房门，香水的味道又飘了进来，淡淡的化不开的味道粘着雨水。

杏子想着她走过洗衣间侧过头，一头染得很乱的长发挡住了她的脸。他半支着身体点燃一支烟抽，问她要不要来一支。她把她的头发向后束起，显出一股清秀之气。他透过烟雾看她，弥漫在脸上的那股火样的谜团，慢慢在消散，像风过之后，一潭深水那样波澜不惊楚楚动人。

他站在那块蜡染前面，他表示了他理解的中国特色。杏子纠正说是中国文化。他笑了一下，忧郁的眼睛里突然有了一点光。

大雪盖住了所有的道路，窗玻璃被一层厚厚的雾笼罩着，感觉人被一团化不开的气团堵塞住了。他们用手机听音乐，把声音调得很大，让音乐中的鼓点填满耳朵。

他爱用土豆做一种波尔多式土豆泥，不厌其烦地装入盘中，让之形成沙丘的形状。她喜欢看他往盘子里撒胡椒粉，他说黄油会让胡椒的味道透出植物本来的滋味。

对面的女人两天没有动静了，怎么没有听见她开门和走动的声音，走道里那股香气有点销声匿迹的感觉。杏子一下子像是受到什么刺激，她会不会死了。她这样想的时候，很快又觉得自己很无聊。透过猫眼，还是能看到女人房间隐约透出的灯光。

鼓手没有来的时候，杏子会走到过道里，故意弄出些声音来，嗅嗅鼻子试探香气有没有彻底消失，将头凑过去离女人的门更近一些。她甚至怀疑自己是不是有窥视癖，为什么要在意女人的动静。

山坡上滑雪的人穿着厚实的滑雪衣，从高处俯冲而来。杏子穿的是他妹妹的滑雪衣，天蓝色的衣服在雪地里很扎眼，裤腿太长总被她踩在脚下，然后绊倒从滑雪板上摔下来，重重地跌倒在雪地里，双手来不及着地，所以摔得很痛。

　　大雪封路，更能让人充满活力。他们一次一次摔倒又爬起来，相拥着一路唱着各个国家的民歌，拉下一棵树枝，让雪抖落下来。在她的心里，真希望雪就这样封闭下去，不要有来年的春天和夏天，如果不能续签，一切终将成为永远的过去。

　　不管怎样春天总是要来的。在教堂里做完早祷，他们从教堂墓地后面的树林走下来。他们一路听鸟的声音。她侧着头，两个人牵着手，他告诉她那是一只北美歌雀，它的声音好听到了要将树林的空旷和安静隐蔽起来的感觉。

　　灰翅膀的旅鸫，她是第一次听说，他告诉她也叫知更鸟的声音，他们一起侧耳倾听，这种鸟的声音有一种空谷幽僻的深远感。它飞过远处的树林，将翅膀斜插过去形成一个扇面，蓝蓝的天空映射的它铁锈红的肚子，真是一只奇特而美丽的鸟。

　　他告诉她旅鸫是一只非同寻常的鸟，冬天它会飞到墨西哥去过冬。她静静地听着，将头仰得老高，在天空和树枝间不断地寻找着旅鸫的踪影，寻找着它划过时与天空形成的对应。一只鸟飞那么远的路途，这让杏子有一种隐隐的伤感。

　　她告诉他在中国她见得最多的是乌鸦，早年在她们家居住的后山上，它们的声悲切甚至黑暗。中国人都不喜欢乌鸦，有一种乌云密布的恐怖感，尤其是自己最怕听那种声音。

　　他们在一棵爬满青苔的松树下停了下来，听鸟扑打翅膀的声音，看飘落在软软的苔类植物上的鸟羽。举起手机将天光穿过树林间的缝隙的光收入镜头，捕捉蕨类植物上爬行的小虫子。

　　躺在地上张开手臂，她蜷缩在他的手臂下，阳光暖暖地通过泥和草渗透而来。世界向着天空展开它的博大与美丽，而这一切对于杏子不过是昙花一现，流经生命的感知第一次被自己握住。

　　到了夏天她将会永远地离开这片陌生虚无的土地，无论自己怎样处心积虑地想留下来，获得更长久的签证。

黎明时分开始啼叫的鸟的声音，一定与现在有所区别。他们开始讨论各种鸟的声音。讨论他们看见过的鸟的巢穴，讨论它们的灵性。他们对用树枝和羽毛建巢的旅鸫，充满着不一样的情感，人类是无法想象它们会怎样在巢外涂上泥巴的。一只鸟多么精心地建造了自己的巢穴，来年它是不是又将选择新的泥巴新的树枝。

杏子一直想在春天结束之前，看到另外一只鸟——褐头牛鹂。他告诉她这是一只非常特别的鸟，将自己下的蛋放进旅鸫的巢里。她的脸上涌过一阵热浪，她感到面红耳赤。开始时，杏子以为自己跟旅鸫有着类似的艰辛，甚至是高远的追求。现在她似乎更接近后者，这似乎也是一种企图，隐藏着狡黠和不可告人的天机，比鸠占鹊巢更胜一筹，至少更懂得成功的另外定式。人类与鸟与植物间的惊人相似使人折服。

树林背面的山脚下，那儿有一条河，蜿蜒而流环山抱水。

那条河流杏子从来没有去过，她确信这是她见过的最纯净的河。飞过河面的鸟都很漂亮，像天空中划过去的一道光。山路上的花已经开了，是一种恣意的开放，所以风中植物的气味变得浓烈而宜人。

沙地上有鸟停留在那儿，水波轻漾，偶尔的一声鸟叫，顺着水面的波痕消散带来的静谧，远远超过了事物本身。

可是夏天很快就来了，夏天为什么来得这样让人猝不及防？所有的时光聚拢而来，天光昭然，越是细密的就越容易漏掉，越是想握住的越容易消散。谁的意志？时间会附着在上面。

白天炽热的阳光直射水面，水光耀眼，他们总是在太阳下山时，穿过长满蒺藜的矮树丛，鸥鸟在河对岸的沙地上鸣叫。他教她游泳，将水一次次拍打在胸口上双膝节上，他说这样身体就完全可以接受水的温度了。

她告诉他出国前一个算命先生说过让她远离河水。他问她算命先生可曾算到了她要出国？她说算到了。可曾算到了他，算到了她将远嫁重洋。

她摇头张开手掌，把水花打得很高。她扑进水里，溅起的水浪包裹了她。他踩着假水拉着她。他仰面倒泳，她划动双手在水里扑打。夏天的最后一缕光亮，被他们扑进水里。

暴雨后的河水上涨了，水面上漂浮的树叶，并没有使河水变得浑浊。河水的深度以及浩渺，是通过黄昏的余晖显现的。

漩涡，她感觉一股力量将自己裹挟，那是一种如坠黑暗如履薄冰的下坠感。他从远处扑腾而来。他的手像两支划行的桨，他在黑暗的漩流中悬浮。

她的脑子里回荡着水声。他游动时掀起来的波浪，他的头发、手臂挥动时，阳光映出鹅黄色的汗毛，纷纷旋转起来迎着一缕暗下去的光。

他绝望的眼神映在河水的波光里。

黄昏的教堂，他们一起高唱着圣歌。实际上他们从来没在黄昏里唱过圣歌，其实那是多么美妙的时间。音乐的演奏没有间隙，风琴手沉陷在暮霭里。教堂外的树林里，旅鸫的叫声是那样明丽，它像把早晨裹在晨雾里的气息又带了回来。

邮箱里，两周前她的母亲给她的邮件里说自己找到了老伴，让杏子安心学习，不要回国。母亲发了两张照片，都是她自己单独照的，坐在靠墙的地方喝着茶，头发剪到了耳鬓，烫得很卷。她的眼神陌生地看着镜头，没有了光彩。河流，她心中的河流已消失殆尽，她坐在那儿倒是像一座孤岛，坚硬挺拔，有一点美人迟暮的凄凉。她已经到了她的暮年。

信的最后，母亲提到了张辽，告诉她他结婚了。平平淡淡，理所当然。

　　杏子还是敲了对面女人的门。请进！说的是中国话，她像
是早就知道是杏子。杏子像是如约而去。女人把所有干了的花
堆放在门口，坐在墙角的沙发上。

　　杏子先看到的是她的手指，她正在锉指甲，那么精美的指
甲有些让杏子感觉到炫目。女人的脸沉陷在一缕由指甲的红色
泛出的光里，原来她是那样苍老不堪，她把岁月中所有的时
光，都集中在一起，为的就是此刻展示出来。

　　女人冲着杏子笑了，她的嘴唇上油亮的口红，像是一朵花
突然被拉开了口子。杏子第一感觉到女人与她之间的距离是如
此亲近，她身体上的香水的味道变成了最后呛入鼻息的水和污
泥的味道，是那样的刺痛，以至于她的鼻腔流出了血。浓浓的
血汇成河水的水流，红色的透着夏日河水绿松石的亮光。

　　他的头流血了，他怎么会碰到石头上？他没有拉住她，他
的手冰冷苍白，他的嘴巴上还留有一丝笑意，那是他说她将远
嫁重洋时的笑和着远处水鸟的叫声。一切怎么会那么匆忙？

　　女人朝杏子伸出手来，她们像是穿过重重时间远道而来的
物体，注定要在这个决绝悲伤的时间彼此靠近，让对方明白她
们是同类是同胞，在远离国土和亲人的地方彼此照应。

　　她告诉女人她梦见自己死了，河水淹没了所有的一切。

　　女人握住她的手，将她揽入怀中，她的泪水打湿了女人的
衣服。同胞！同胞！杏子这样呼喊着，这个词变成了一个巨大
的物体，带着光喷涌而出，销蚀了时间和记忆还有河水。出国
这么多年来，自己就像嵌在别人家墙外的一粒石子，坚硬地卡
在光天化日之下，什么都不是。现在她开始溶解，慢慢地化成
一汪水流，注入时间的轨迹。

　　她看到了医院的白炽灯，炫目的灯光，形成斑圈绕着的河
水让她觉得头晕，穿着手术衣的医生，穿行在半开的门外。她
弄不清楚是自己赤身裸体地躺在医院的床上，还是他，白色的

床单染成了红色。

接着是一片死寂，她感觉自己还在河水里，天光黯然，几只水鸟飞过时的声音，让她知道天黑了，她继续张开双臂奋力地划动了几下。

远处走来了一群人，杏子静静地等待着。她认出来了，全是教会的。他们手捧蜡烛唱着圣歌，依次而来，她还听到了风琴的声音，怎么可能？人们沿着河岸的沙地，将花朵和蜡烛放入河水中，让它们顺流漂移。河面被照亮了，她能感觉到波浪涌动时拍打在沙地上的力量。

如果听到我尖叫

一

　　我们谁也没提过去的事。

　　从马场镇火车站到农场没有车，路不好走。李叔叔骑了一辆警用边三轮摩托车，在站台出口等我。在熙来攘往的人群后面，我一眼就认出了他。记得爸爸被带走那天，我也是在人群里第一眼就看到了他。记忆中他是唯一的在我们家吃过一次饭，跟爸爸喝过酒的人。

　　马场镇火车站就在道路边上修了个站台，火车在春天是穿过开满油菜花的田野开过来的，以前这里不需要出站，下了车就可以直接走到路上。十多年过去了，除了农民把房子修到了农田里，一切都显得晦暗和狭小了很多。

　　马路是刚刚新填了沙石，摩托车在上面开着，像一只小船在起风的海上一样。李叔叔几乎一直歪着身体，这样他才能完全把握住行驶的方向。他说："没想到你长这么大了。"他从摩托车上跳下来时，取下头盔，顺手把它挂在了车把上。

小时候，李叔叔来过我们家很多次，那时他是爸爸的同事。他来帮我们家修窗户，拿一张报纸铺在厨房的桌子上，我们家正吃着饭，我抬着碗看他穿了一双不合脚的皮鞋，两只脚跐在里面，后跟的袜子磨破了。他从桌子上跳下来，我没想到他会那么快就跳下来，所以我手里的碗被他的手肘撞翻了。碗摔破了饭打泼了一地，我慌忙去捡，割破了手指。那个晚上，因为那个打破的碗，我被妈妈打得手都抬不起来了。第二天见到潘四，他眯着眼睛冷笑着扯了我的衣袖，我感觉到很羞耻。

潘四也许比我大四五岁，当然确切的我不会知道，他的话我不会知道哪句是真哪句是假。他怎么就能做出那样的事来？那只着火的老鼠，一直在我的记忆里烧了很多年。他本来是想要我们看老鼠怎样跑到杨田身上去的，没有人可以想象一只燃起来的老鼠到处逃窜是什么样子。可是老鼠失控了，结果是一切没有按照潘四给我们预设的情形进行。

如果没有那次火烧老鼠事件，是不是事情就是另外的样子。我知道这个问题很无聊，甚至属于伪命题。

远处是我们曾经无数次跑过的大片茶园，还有茶园中的梨树，三月一到就开花，让我们误以为是雪。绕过村庄那条马路，远远地就看见了，从前低矮的那些用来关押犯人的房屋已经废弃，高高的监墙上的砖已经被人扒去了一半，留下东倒西歪的破烂断体。马房的草屋还在，破破烂烂的感觉其实是经历了很多事情之后更深的感觉，黑压压的门窗透出来气息，像是刻在人心里的斑痕。当年喂马人在屋前解开马绳，就能听到马朝天嘶叫的声音，潮湿的空气和早晨就开始了。马房前的空地上，到处是我们和潘四抠出来打弹珠的弹坑。草上的露水湿了鞋，我拼命地跑就是为了躲开妈妈的叫喊，挨打是每天在所难免的，只要妈妈找不到我，那个时间就属于我。

那一年离开农场时，我和妈妈坐在一辆手扶拖拉机后面。拖拉机前一天才装过粪肥，空气中有一股新鲜潮湿的粪味道。妈妈在座位上垫了很多报纸。刚刚下过大雨的马路上坑坑洼洼全是水。拖拉机司机把整个方向扶手都扭到了，离开他身体部位很远的位置，感觉他随时准备跳下去，让整个拖拉机扭着翻到那些堆满草垛的田坎下面去。

司机在迈过路上的大水坑时，拖拉机熄火了，车轮陷入水坑，司机使劲发动，突突的声音越来越大，黑黑的烟尘隔断了身后的房屋，一切越来越模糊。妈妈用袖口遮住她的口鼻，不时还用它来擦净脸上的眼泪。她没有这么脆弱，从来没有。之前遇到事情，她总是木杵杵地坐着，等待时机消化掉她没法解决的事情。

妈妈在我和爸爸面前，像石头刻出来的雕像，稳沉冰冷坚实。我在坟地里乱跑时，最怕的就是那些立着的墓碑，在我心里石头刻出来的样子，就是碑的样子。潘四喜欢躲在碑的后面，对我们进行一种我不害怕的攻击，用坟上的泥巴打我们，他说那叫鬼撒沙。他这样打我们一次，半夜我的肚子就会痛。他很高兴说哪里有鬼？他说就是晚上一个人他也敢在坟地里跑，他经常这样干。他这是在吹牛，我们还是很羡慕他。

从前妈妈带着我离开家，每次她都不会走大路。为的是不让爸爸知道我们去了哪里，我们住在马场镇的一个小屋子里面，晚上会有一个男人来我们家就不走了。他和妈妈说话，一直说到我睡得听不到他们的声音。那样的晚上像是被切割了一样，一块一块地堆在我的记忆里，让我既羞耻又害怕。那个男人还说要给我买一个口琴，他把手伸过来摸我的时候，我躲开了。

他能把口琴吹出很多的声音来，妈妈安静地坐在一张长条凳子上，我也坐在她的身边。月光映在我们身后的玻璃窗户上，她身体前倾时很漂亮。她的手碰到了我，我第一次感觉她的手是那样的柔软，软得依然让我害怕。那样的日子不会久，每一次我们住上一段时间，即使我的爸爸不找来，我们也会自己回家。

那一次我知道，我们永远不会回来了。我们家破人亡了，这是妈妈说的。坐在拖拉机上，我就知道跟以往的每一次离开家不一样了。如果我的胆子大一点，杀了她呢？

二

我的爸爸只是一个普通的警察，而且只有小学文化。他们都不喜欢我跟潘四玩，妈妈说爸爸不是潘四爸爸的对手，我也不会是潘四的对手。要我离他远一点，我早晚要死在潘四的手上，而我选择了离妈妈的眼睛远一点。

小学文化不是罪，可是我的爸爸整天就像有罪一样。爸爸在妈妈面前总是有气无力，像地里的一根草被太阳晒得立不起来了。这也难怪我的妈妈说话要不断地提高声音，她说她只能通过这样的方式，才能让自己心里的火不至于烧死自己，最好是烧死对生活并没有什么野心的爸爸。妈妈凭着自己天生长得漂亮，就有了与生俱来的骄傲，她觉得生活给她的总是不够。爸爸是她远离理想生活的最大障碍。我们不会知道她理想的生活是什么样子，整天生活在为她制造的理想恐惧症里，它像一种颜色浸染了我的世界。

爸爸一周值两次班，常常二十四小时都不能合眼。所以每次回家后他都呼呼大睡，只要他睡饱了，他心情就会很好。他的脾气变得越来越糟，不仅仅是他在妈妈面前低三下四有气无力，重要的是我们总是离开家。为了躲开爸爸，妈妈常常说：

"我要带你去更远的地方。"有几回在小镇上，为了不让我记得回家的路，她用一个袋子罩在我的头上，她牵着我的手走过窄巷，我的鼻子里灌满了尿的气味，她的手干巴巴的像是一根棍子握住了我。她说她跟我玩的是捉迷藏，本来很多事情也是不需要看见的，比如我们从哪条路上走进了我们住的小屋。无论妈妈怎样蒙蔽我的眼睛，爸爸都会找来，只要他想找他一定能找到我们。在这一点上他的确让我另眼相看，也许他并不像我看到的那样，他有着深不可测的一个孩子未知的东西。

有一天下午，我记得阳光斜斜地从一棵高大的银杏树上照下来，那里有一口井，镇上的人都要到井里打水，树大得把整个水井周围的植物都盖住了。我跟几个孩子在树下捡叶子，一个女人挑着水桶过来，她看到我就走过来对我说你爸爸来了。我以为她在开玩笑，她不可能认识，因为她根本就不知道我有一个爸爸。可是当我朝着土坎边倒退了两步之后，我看到了我的爸爸。他正远远地看着我，不冷也不热倒像是在看着一株植物那样，没有任何期许和表情。他像一根被水泡过的朽木，陡然地立在阳光下，正在垮掉，这是他留给我的抹不去的印象。

"爸爸来了"，至今都能令我紧张，手指发凉。我低着头试着走向他，生怕他突然间就垮塌了。他说你们住在哪里？我就把他带到了那间小屋子，我用头撞了一下那个褪掉了红色油漆的门，锁扣哐啷就掉开了，我胆怯地看了他一眼，生怕他知道我们住的家门可以如此容易地打开。进屋后我顺手拉开灯，爸爸顺势握住我的手，灯光下我看清楚了他红肿的眼睛。

我想逃开，我惧怕他崩塌。他的眼泪汹涌而出，我感觉到了那种巨大的压迫，于是我也哭起来。看见我哭了，他松开了我的手止住哭，看着我的眼睛，也许我的眼睛里有让他想起更多悲伤事情的东西，这一次他抱住自己的头，蹲在地上像一块巨大得无法搬动的石头，它就要把我的爸爸压死了，我的爸爸很快就要变成那个无声无息的石头了。这样我非常害怕，我一动不动地站在那里，为了不让他成为石头，我连动一下都不敢。这样过了一会儿，我看见他抬起头来，他说："跟爸爸回家，好不好？"

我转头就看见了妈妈，她站在门口挡住了屋外射进来的光，而灯也被她随手早就关掉了。一切她都看见了，她一点也不为爸爸找上门来感到惊讶。我看着她冰冷地站在那里，所有的光都被她挡住了。我和爸爸都变成了一道影子，一团漆黑地蹲在地上泡过水的影子。我希望妈妈能点头让我跟爸爸回家，可是她站在那里，冰冷得像一尊不会喘气的泥塑。

我惧怕回家，其实就是惧怕爸爸。我害怕和爸爸单独待在一块儿，因为只要妈妈不在，他就会从抽屉里面找来一些照片，让我指认上面的男人。很多时候即使我不指认，他也能告诉我，让我和妈妈离开家的男人是谁。他或许将我早已看成母亲的同谋，我对他的背叛已让他彻底失望。

我很同情爸爸，但是同时也讨厌他的懦弱。他很少生气，也不做坏事。他和我一样都是妈妈暴力的受害者。妈妈有时会说爸爸动手打她，但其实他从来没有，他不过是推开她时稍稍用了些力气。

有一次，我站在厨房门口，他们的吵闹声就在那一刻停止了，接着我就看见妈妈把水果刀刺进了爸爸的后背。那是一把有着红色塑料刀柄的，不能合上的直柄水果刀。爸爸背过身时，刀就刺过去了。他回过头来，他看了我一眼，嘴唇发乌，嘴角起了白色的干燥脱落的皮。他没有即刻脱下衣服止血，我知道他一定受伤了。他为什么不把衣服脱下来，让我和妈妈都看一下他受伤了，必须止血消炎，而是直接开门离开了家。

他坐在山坡下草丛里的石头上。在我们住的屋子后面，再往后走就是一座山坡。有阳光的时候，他会带着我从那儿去爬山。站在山坡上就能看到很远，看到铁路、小镇和火车。我记得那天风很大，我一直在等着他回来。天黑了，我出去找他，我知道他不会去别的地方，我看到了他轻轻地叫："爸爸？"他动了一下，他全身蜷缩发抖，我都快不认识他了。我紧紧地握住他的手，我哭了我不敢把声音放出来，因为我的爸爸已经不再是石头了，他是一堆土，风一吹就会散尽。

我第一次想到了他的死，死了就成了一堆土。

三

我们家住过的地方，我已经记不清了，或者只是在记忆中，至于现在的样子我无法辨认。那是一栋石头房，屋顶上的瓦片已经不是曾经的颜色。在时间里面褪尽了的一切，应该也包括着物体，所以不仅仅是我们。那排石头房子的旁边盖了一栋三层楼的房子，水泥外粉还没有完全敷平，两个人在脚手架上提着灰浆往墙面上糊浆。

那时，我从来没有见过农场以外的世界，对我来说，那个新奇的世界，好像就在带刺铁丝网的高墙的另一边。农场，除了关押犯人和种茶叶以外，还在大片的土地上，放养着牛羊。我喜欢跟在潘四后面，跑到放养牛羊的山坡上去，从那里可以看到一个水库，波光下的水面，常常让我有许多的幻想。

潘四说那个水库里每年都会淹死人，还是挡不住有很多人去游泳。"他们也许就是想死。"潘四这样说的时候，他会朝山下扔石头。山下有一只缺了一半羊角的山羊，让我觉得它也像犯过罪。在一切与罪有关的记忆里，茶树、山坡、深谷、禁闭室，阻隔了我们的世界，都是有罪的外衣。

我比潘四跑得快。他大概是已经没有力气再跑了，我听见他的脚落在沙地上的声音在我身后越来越远了。

四月的茶山上还没有完全变绿，外包围层的茶叶上，染着拖拉机带过的褐色尘土，往里面一点才是那些油得发亮的嫩绿色。要想飞快地跑过丛间，必须抓起裤脚，以免树枝剐烂了衣服，回家被妈妈打。

我放慢了脚步，潘四赶了上来。我们跳过土坎。我们跑到了。禁闭室的房子是石头砌的，严严实实地挡住了太阳。窗口很高，这儿以前我们只知道是装农药的仓库，用来禁闭人后，窗子外面除了生锈的铁条，又横三竖四地加了木条，这就给我们爬上窗台，朝里面看造成了很大的麻烦。

潘四的注意力已被分散，他推开我，趴在窗户上朝禁闭室里面看时，发现袖口被划破了。他用右手手指将两块已经分离了的布合拢，我问："他真的在里面吗？"

潘四像一下子想起自己的任务，抬头看了看天。一只鸟飞过我们的头顶，我就听到潘四骂了句妈的！他腾出手来用袖口抹了一把脸，鸟把屎拉在了他的脸上。

"真他妈的倒霉，老子恐怕活不成了。"他张开嘴巴笑了起来，瘪嘴巴豁开一条口。藏青色袖口的破洞耷拉下来，像一片久旱无雨的芭蕉叶，与潘四张开的嘴巴达成一种默契。

他把整个脸贴在木条上，用手抓了一把木条上的蛛网，他又骂了句妈的。提溜着眼睛，毫不放过一个细节。他从来都喜欢故作神秘，也许他真的比我们要知道得多。他的眼睛里永远藏着一种深奥的，我不知道的东西，脑子里装的也都是些稀奇古怪的想法。

我静静地等待着不断改变方向的潘四，木条与玻璃之间有距，里面挡着布，加上全是灰尘，他大概什么也没有看到。传说中的这个禁闭室，前面是一排刷上红色油漆的平房，小黑屋中的铁门坏掉了，那一间就成了临时停尸房了，就因为一个犯人在门后面吊死了。潘四说门是被吊死的人坠垮的，无论白天或者黑夜那扇门都是黑洞洞的，让我们飞跑不停。

再往远处就是生产茶叶的车间了。两条狗坐在煤渣铺的路上朝着我们叫，并且越叫越凶。我说狗来了。潘四摇摆了一下头，他的眼睛进灰了，他揉搓着眼睛说："狗不会有那么大的胆子，敢跑过来咬人。"

我用头抵着墙，从斜边向里面窥探，只能看见一根灰色的墙柱。这根灰色的墙柱后面，很有可能就摆放着一排，无人认领等着被火化的尸体。潘四每次这样说的时候，他把眼睛向上抬，不禁让人在瞬间的想象中毛骨悚然。对于我们来说，所有的拉上帘布的屋子，都有可能是停尸房。

我没有见过真正的死人，但见过死人的脚。表哥的爷爷死时，爸爸揪住我脏兮兮的白毛衣衣领，叫我快趴下去磕头，虽然我从来没有见过他。我跪了下去，衣领还紧缩在脖子上，爸爸的手仍然拉住我的领子不放。在埋下头前，我突地就想从搭在死人身上白布的两腿中间，偷偷地见一见他的脸。可是我只看到他鞋边上的线头，还没敢往上再瞧，爸爸就一把把我拉了出去。连给我哭的时间也没有。

"这里面没有人。"我显得不耐烦，把身子缩到了窗台底下表示放弃。不是因为没有看到什么，反而正是害怕看到什么。

潘四并没有搭理我，将鼻子往上吸，试图闻到什么异味。潘四的肩膀比我宽很多，晒得发黑的皮肤有一种震慑人的气质，每次我和他站在一起，我就像被他打漏了的沙袋。

四

潘四才是真正能够接替我们的父辈成为警察的人。他对枪支和火药有浓厚的兴趣。他常常改装他拿到的塑料手枪，从鞭炮中离析出火药粉。在点燃前，他会用手揉搓那些粉末，让手指粘上一层后，放到鼻子前闻闻，让鼻孔里也充满火药味。当我把这些细节讲给父亲听时，他总是说就怕这小子走上邪路。

所以，我就相信潘四一定会走上邪路的。

潘四经常带些新鲜东西来让我们瞧，有一次他带了一袋玻璃弹珠。"这是拿火药换的。"他把那一袋弹珠放在桌上的中间位置，小心翼翼地将两边的袋子卷下去，让我们意识到这子弹壳的数量比我们想象得要多。然后他退出人群以外，好让更多的孩子凑近了看。我们看看弹珠，又回头看了看他。他骄傲不语半仰着脸，好像所有的太阳都会掉在他的脸上，所以他比任何人都要黑一些。他从不说他在和谁做着这些交易。他知道定点定时将这些东西放在某处，隔天再去取时，就能变成其他的东西。我们曾让他带着我们去看究竟是谁放的。他拒绝了，说不能坏了规矩。

已经很久没有下雨了。茶叶上的灰越来越厚，将整个茶场的灌木压得很低。潘四在回去的路上闷闷不乐，心里仿佛在想些什么。以至于我们走过丛间时，他下意识地提起了裤脚，好像他在跑。

潘四脑门上长了一个大包，好像天生就富有一种威严。那时候我以为那是他没有睁开的另一只眼睛。除了带着我跑去看他预言的死人之外，他很少亲近我们，他总给我一种除茶场外，他还有另外一个世界的感觉，那个世界在什么地方，我们不可能知道。我们的一切活动都受着潘四的引领，他操纵着我们和我们看不见的世界。

狗真的追过来了，他用石头打跑了那只狗，我觉得吓跑了那只狗的不是他手上的石头，而是他脑袋上的"眼睛"。

"杨田不在禁闭室，他到底在哪里？"我边跑边问。潘四斜着眼睛看天，等我跳过了土坎时，他却胸有成竹地说："下次来就能看到了。"

看到什么？看到他已经死了吗？

我开始怀疑潘四的权威性。好像杨田的死他也可以设计一样。我加快了速度，把他甩下了，远处劳动的人在太阳底下，像是贴在画布上的影子，他们的移动倒像是落在我脆弱的神经上，晃晃悠悠一阵风吹过来就要蒸发了，他们就会像杨田那样隐藏起来，藏进潘四的故事里。

"一个杀人犯即使不被枪毙，他自己早晚也会死的，这是报应，你们知道吗？"

我们摇头，潘四就会得意起来。杨田是杀人犯，他杀了他的妈妈。这个我知道，可是杨田他一直不承认。即使他不承认，他也要被枪毙。

犯人没有一个说自己有罪的。什么是有罪？潘四看了我一眼，把鼻子朝天上耸耸。杨田把他妈妈杀了。你怎么知道的？这个你就不用问了。他是用胳膊肘把他妈勒死的。为什么呢？他妈身上有二百块钱。他为什么不问他妈要呢？

潘四的眼睛又朝上翻了一下，这次我在他的眼睛里看到了天空中流动的云彩。突然就想起了潘四说："公安局的破案，只要翻开死人的眼皮，杀他的人就定在眼睛里。公安一看就知道谁是杀人犯了。"我们听得心惊胆寒的，生怕有一天自己的影子落在了死人的眼睛里。那么潘四如果死了，他的眼睛里是什么呢？

杨田就在他妈妈的眼睛里。可是抓捕杨田的人是我的叔叔，他没有说杨田在他妈妈的眼睛里啊。

潘四还向上耸耸鼻子，像是闻到了什么。他先盘腿坐在地上，然后又换到了台阶上去坐，我们像屁虫一样跟在他后面，生怕听漏了什么。他坐在台阶上，下面开满了一种带着气味的花，他叫我们跳下去把那个刺喇叭花踩了，那个花的气味让他不舒服。我们都知道下去踩了那个气味就更重，但是还是下去了。

潘四看着天，他问我们盘古开天地是什么意思？我们都说不知道。他把眼睛眯成一条缝，天光和流云在他眼睛里也变成了一条缝。他比我们永远都懂得多。天上的地上的，他没有不知道的，即使他现在不知道，将来也一定会知道，并且比我们知道得要早。我想知道的并不是盘古开天地，我想听的还是杨田杀了他的妈妈。

他怎么就杀了他的妈妈呢？

潘四抱着手继续看着天，他说杨田也会害怕。他打开了屋子里的灯，那正好是夏天，太阳火辣辣的，警察去的时候，他的妈妈已经死了好几天了。他用绳子勒死了他妈妈。不对，你前面不是说胳膊肘吗？我把手抬起来，晃了几下。他把眼睛转朝了另一个方向，然后站起来说这个不重要，重要的是他妈妈死了，虽然他说不是他杀的，他还是会被枪毙的。

既然不是他杀的，怎么会被关进监狱？是啊，这个你去问你叔叔，他肯定知道。

我们跟在潘四后面，朝着茶园的土坡上跑去。我的叔叔抓了那么多人，他不会记得杨田的。回家吃饭时，我问爸爸杨田是不是杀人犯，爸爸喝了一口酒问我为什么要问这个。我埋下头想了一下，是啊，我为什么要问这个？心就怦怦地跳起来，我不说话，大口大口地吃饭。爸爸在喝完最后一杯酒时，他告诉我小孩子不要管大人的事。

七月，天气才渐渐地热起来。我光着脚踩在儿童自行车的踏板上，右边的踏板已经断了一半，我脚趾弯曲将它紧紧抓牢。我骑得很慢，但是这样的速度还是不能够，让我一边观察地上的影子一边前进。这个自行车是表哥不要传下来给我的，轮胎总是漏气。

杨田正好在附近修水管，他停下手上的事，走进工具房，拿一支已经生锈的气筒，哼哼哧哧朝着轮胎打了一阵气，朝上的自行车轮胎在空中转了一会儿，他将轮胎上的气塞取下来，放在我的手中。我的手紧紧地握住，气塞太小，我手上的汗又太多，有几次我都以为气塞已经从手中滑落。

杨田将气筒夹在他的两腿中间，两只手臂上上下下显得很卖力。我的两只脚踩在泥水里，他注意到了我的不适，充完了气，转过身打了盆水，让我坐在工具房的门口洗脚。工具房就在大队办公室的对面，隔着一条马路和一条排水的绕着监房的水沟。当他用手抓住我的脚的时候，我感到自己差点就跳了起来。我不是第一次跟他接近，我为什么会感到害怕？他的手上有倒钩刺，划着我的皮肤很痛。潘四说得对，是他杀死了他的妈妈。

"你杀了你妈妈？"

他把手从盆里抽出来，我把脚甩了一下水穿进鞋里。他倒掉了盆里的水，进屋前他问我："你会不会杀你的妈妈？"我看着他像是嵌入了阴暗里，我说："只有在她打我的时候。"我不想让他看出我是个胆小鬼，或者我是在向他寻求某种答案。他不知道妈妈基本上每天都在打我，我从来不敢反抗，她打我的速度快得让我无法忍受，我说的是她手里起落的竹条子。

他从屋子里出来就给了我一个地萝卜，我看看他还是不敢接。我怕他放毒药，妈妈说过不准吃里面人的东西就是这个意思。他也不过分坚持，而是自己吃了起来。他说你如果听话，妈妈就不会打你了。我想说不是这样的，妈妈打我是她想打我。我张开嘴巴还没有发出声音，他摸摸我的头，让我感觉头皮和身体拧在了一起。他想捏死我吗？他并不想继续我们的对话，对于他所有的话都像是多余的，都是风吹过。他将自行车翻过来，用袖子擦了擦沾了水的座椅，然后提着空桶走了。

最后一次见着他，已是夏末。我在工具房门前看见杨田的湿脚印，我走进去，由于在室外的时间待得太长，外面太亮，一进仓库四周就是一片漆黑。杨田喘着气问："你要什么？"我让他帮我拿充气筒，我已经学会给自己的自行车加气了。我退出来，我听见充气筒的瓶身碰到了金属架的边上，发出来一种类似于杨田喘气的声音。

他走出来，我先注意到了他的脚，他的脚上起了些红疙瘩。他说他也不知道究竟是怎么回事。我不知道这句话是回答我以往反复追问的问题，"你真的杀了你妈妈吗？"还是只是在回答脚上长的红疙瘩。

杨田死了。我知道他的死与潘四被火烧有关。火是潘四放的，我没有对别人说过。杨田到底是怎么死的？是被电棍电死的，而且是我的爸爸。我的爸爸没有理由要打死他，被火烧的毕竟不是我。潘四的爸爸也在场，我的爸爸只是配合老潘审杨田而已。杨田当天并没有被关进禁闭室，被提审回监后他喝了几口冷水，半夜就死了。起夜的人看到他翻倒在床下，一摸他早已断气了。杨田到底是我的爸爸电死的，还是潘四的爸爸电死的？人已经死了，死无对证。

那些天，我走过小卖部时，几个人站在那里，他们正说得起劲。我想去买糖，却因为害怕转身想跑。那个经常站在小卖部窗口里面的女人，把各种货物摆得要垮下来的那个黑眼眶女人，在清晨我穿过她的小铺时，她都会对我说："潘四的爸爸对你好哈。"我本来不会知道她说话的意思，但我能从她的笑容里明白，那里面充满着恶意，这种恶意让我每次见到潘四的爸爸，也都充满着说不出的恶感，像是一种恨从血管里冒出来。他总是在我的爸爸值班的时候，来我们家从来都不敲门就进屋了。

这一次我盯着小卖部女人的眼睛，她的脸上有一块青斑。其实这个也是我不愿意去她那里买东西的原因，每一次潘四都逼着我去。女人被我看得有些不自在，她就多给了我一颗糖，还特意摸了摸我的脖子。她的手很粗糙，她转背将掉下来的东西重新放上架子，我就骂了她一句然后跑了。

五

"你会杀死你妈妈吗？"

"我会。"

"真的吗？"

"真的。"

"为什么？"

"不是为了钱，而是她经常打我。"

杨田翻了脸，他的眼睛里只剩下眼白了，他转过身来举起一把刀。我拔腿就跑，我听到他的声音撞在我的背上："你怎么知道我是为了钱杀死了我的妈妈？"石头，巨大的石头飞落在我的背上。摔倒。我一次又一次地摔下去。我怎么能爬得起来，我的背流血了，血淌进了我的鞋里。

醒来，漆黑一片，动动身体，床又被尿湿了。明天又会被一顿打，我真的不是故意的，可是我怎么能说得清呢？又不是第一次了。

我的确想杀了我妈妈。我把绳子藏在我们家屋后面的石头下面。起来跑出屋子，悄悄转到屋后，夜很静，远处有青蛙的声音，月亮薄凉。我用脚掀开石头，绳子还在。心却怦怦乱跳。

坐在地上，天上的云流得很快，遮住了月亮，夜风中夹着草打湿的气味，狗在远处叫着。

我想杀了我的妈妈，可是我不敢。杨田杀了他的妈妈，他做到了。可是他还是死了。我会被送到什么地方去？很多个夜晚我坐在藏着我想杀掉妈妈的绳子的石头上，看着天空，想着杀死了妈妈的各种情形，想得我全身冰凉透湿。

妈妈将我们生活在农场看成是流放。她说生活在农场这样与世隔离的地方，本身就是对人的一种惩罚。那么人应该住在什么样的地方呢？我只是心里这样想，爸爸也这样问她，她就会大发雷霆。我担心有一天她要被她的声音烧死。她会被烧死的，她自己都会感到吃惊，有时候她突然停在自己的声音里面，她也许在寻找着一处方向。也许她也并不会知道我们到底应该住在哪里。

妈妈的工作是保管农具。她负责到场部的大仓库去领取劳动所需要的各种用具，然后按照一定的计划发到各个中队的组长手里。那一天，妈妈从保管室发完东西回家，听见有人朝着她骂街，听了半天是早上她出门，从那家人的窗下走过。她从来没有从那里走过，因为前一天才下过雨，路上全是水，妈妈就顺着墙根往下走。她真的没有注意到什么拖鞋，一双管它是红是绿的拖鞋，是不会引起妈妈的注意的。她每天想的东西都是我们不能懂的，拖鞋这种事太简单了。骂街的人见妈妈不理她，就直接把妈妈拦下来问妈妈有没有看到窗台上的拖鞋。她把口水喷到妈妈脸上去了，妈妈站在她的面前，那一刻我以为我的妈妈会给那个骂街女人一耳光，我看见妈妈的身体抽搐了一下，绕开那个女人走了。

妈妈将这一切当作对自己人格侮辱。"如果不是因为你窝囊，我不会受到这样的羞辱。"妈妈对着爸爸大吼大叫，她又要被自己烧死了。她怪罪爸爸无能，根本就不配活在这个世界上。每一次这样的争吵，都以妈妈的威胁结束。她说她要离开爸爸，让他得报应。也许因为她说了太多这样的话，爸爸也就不以为意。

妈妈从不希望我听爸爸讲一些犯人的事，哪怕一丁点。因为她觉得那个世界是另外的世界。不错，对于我那是另外一个奇怪的世界，我不可能真正知道他们是什么。他们进去劳动都要排着队，只有少部分得到干警信任的犯人，他们干着独立的工作，食堂、洗澡堂、锅炉房，还有托儿所这样的地方，我们可以跟他们接近。

托儿所也不是真正的托儿所，而是一间离家属区不远的房子，干警们忙着上班，把孩子送到那里，由两个犯人看管着，中午让孩子们吃饭睡觉的地方。照看过我的犯人见了我，总会讨好地叫着我的小名。我不喜欢他们那样叫我，因为我的妈妈那样叫我的时候，总是让我心惊胆寒。她会冷不丁地在她的声音还没有落下来的时候打我，劈头盖脸地打下来。或者是爸爸被她骂得走投无路地喝酒的时候，她都会像发疯似的叫我。

爸爸让我叫曾经看过我的犯人叔叔，是一种礼貌。我对这一点很不解，潘四就对他们大呼小叫地喊着名字，他说因为他们是犯人，我们是警察的孩子。我叫他们叔叔反而让他们有点局促和尴尬。是啊，名字本来就是拿来喊的，更何况他们是犯人，我的爸爸干吗要软弱到这样的地步。有时候，我也想像潘四那样喊着他们的名字，可是我发现我没有勇气。我竟然连喊他们的名字都感到胆怯，我发现自己跟爸爸是那样地像。

爸爸对犯人总是很温和，他有时会带家里的剩菜去给犯人吃。他说食堂里的伙食因为是大锅菜油水少，肉也要一周才能吃上一次。我经常在他往塑料袋里装菜时问他："那个菜好吃吗？"这种时候，他的眼睛盯着某处而不是我说："你会觉得不是给人吃的。"因为视线没有聚焦，眼睛渐渐虚起来，像是在回忆他曾有过的侥幸。他的脑袋渐渐秃了，他说他也害怕和犯人就分不清了。所以天再热他也戴着警帽，以防岗楼上站着的武警朝他呵斥或鸣枪。

为了表示出我的懂事以及怜悯心，我说那你就多炒点肉带给他们。爸爸就突然回过神来，仿佛他刚才讲的和现在听到不是一件事情，或者是一件事情的另外两面，所以他说话的语气变得十分的坚定，并且是前所未有的坚定说："他们是犯人，还要吃多好？"

这句话我之前也听过。我养狗的时候，狗不吃白米饭，我想在里面拌些肉，被爸爸反问："狗用得着比人吃得还好吗？"这让我无法猜透他心里到底想什么，到底是需要吃好还是不需要，也许连他自己也是矛盾的。

有一天晚上，犯人学习的钟响过之后，走出门去的爸爸返回来站在妈妈的面前，我记得他是低下头去的，妈妈正在往一个记账本上记白天发放的工具。他喊了我的妈妈一声，那个声音既胆怯又温情。他问妈妈："犯人要学习写信，应该买几年级的练习册，那上面就有教人写信的吗？"妈妈的态度也让我吃惊，她温和地看了爸爸一眼说："三年级的作文练习，就应该有教怎样写信吧？让我想一下。"这是记忆中唯一的一次，他们如此平静地说着一件事情，如此温和地在一件事情上想到了一起。

六

我是不是应该对我的爸爸说出是潘四点的火，杨田只是从屋子里跑出来，是他救了潘四。这样他们是不是就不会审问杨田，杨田就不会死了。可是我没有说。

出事前一天，我们跟在潘四后面跳过一个一个的沟坎，我们知道从这条路跑过去，离枪毙人的地方很近。远处的山路上，警车一辆一辆开过去的声音，让我们无比兴奋。又要枪毙人了，听说不是一个，而是十个。

十个！潘四边跑边学着枪响的声音，让我们感觉到子弹打穿的不是人的身体，而是风声。飕飕地飞过去，像箭那样扎在靶子上。

我喘着气问有没有杨田，我很久没有看到杨田了。杨田不是被关在禁闭室里吗？我们不是去看过吗？杨田根本就没有在禁闭室。那他能在哪里？管他在哪里？

站在高高的山坡上，我们终于看到了警界线，几个警察举着小三角旗子，哨子的声音从风中过来，隔了很远还是很刺耳。汽车一辆一辆从山路上下来，警察们全副武装跳下车，整队集合。

"十个犯人呢？怎么连一个也看不见？"

"你没见过射击比赛吗？"

"这个阵势是全场射击比赛。"

"为什么要说是枪毙人？"

"不这样说你会跑得这样快吗？"

我们倒伏在山坡上，子弹的声音像是从我们耳朵穿过去，大地都被掀去了一层皮。警察比赛完了，喇叭里哇哇啦啦地传来比赛的结果。反正我也听不懂也不想听。下面上场的是民兵，他们歪东倒西地整队集合，民兵连长开始训话，他的声音通过喇叭传得满山都是。他说："比赛完了之后，一人一把枪……"

民兵们鼓掌，像是一串鞭炮突地被人点燃，噼里啪啦地响起来。

"一人一把枪？三十个民兵？"

我们这样说的时候，声音又传过来了："那是不可能的。"

潘四突然就笑起来了。我们也觉得好笑跟着笑得哈哈倒倒地笑。喇叭里又传来了："两个人一把枪……"

我们高声说："那也是不可能的。"

我们多么希望我们的声音，能被站在山里的人听到。

又是鼓掌。他们的巴掌太响了，他们肯定听不到我们的声音。

那一天，虽然我们没有看到枪毙人，我们在高高的山坡上疯跑了一天。潘四带着我们去捉竹鼠。潘四很有经验，他说是他爸爸教给他的招术。竹鼠很笨，它们把头从洞里探出来，就会被我们发现。

潘四叫我们从前一个洞口开始烧草，浓烟四起中潘四带着别的人跑到另外的洞口。他们脱了衣服兜在洞口，专门等着它们被烟火熏出来。从洞里逃出来的还有老鼠，潘四让我们架火烧烤竹鼠，却没有放走老鼠。他把老鼠的脚捆绑在一起，他说他要让我们看一场精彩的演练。

我以为他说的演练还是在晚上伏击人。我们趴在田坎上，等待着走夜路的人靠近我们时，我们突然哇的一声站起来，或者伸手去拉别人的裤腿，吓得人家魂飞魄散，嗷嗷乱叫地一阵狂跑。我们喜欢这种演练，也像疯了似的嗷嗷乱叫，我们的声音比青蛙的叫声更响，我们甚至希望田地里到处是我们的声音，而不是那些青蛙的。这更是潘四的想法，他说我们的力量总该比青蛙的要大吧。

有时候我们也有没有吓着胆大的，反而被别人追得满地跑。这种时候就不好玩了，那次我们在黑暗里摔进了沟里，头都磕破了，还缝了针。第二天被妈妈打得脚都站不起来了，躺在床上还发烧。

潘四一直在玩他的枪，可以打火皮的枪。他从鞭炮中离析出火药粉，在点燃前，他会用手揉搓那些粉末，让手指粘上一层后，放到鼻子前闻闻，让鼻孔里也充满火药味。如果有一天打起仗来，他一定会参军的。他说世界大战打起来就好了，我们听不懂，打起来有什么好。像电影里看到的那样，炮火连天，他以为子弹不会打在他的身上。他以为他是谁呢？我们当然不会知道，在他的心里他是谁。

那天我真的不想去看潘四说的演练。他的手里提着个小笼子，里面关的是我们从山上抓来的老鼠。我闻到了一股煤油的味道，他揭开盖在笼子上面的梧桐树叶，煤油味就更浓了。他说出门前他让老鼠洗了个油澡。

我跟在潘四的后面来到工具房，清早的雾气还没有散尽。工具房的门是开着的，里面很暗看不见人，我们是从屋子里敲打铁器的声音，判断有人在屋子里的。潘四停下来，他眯缝着眼睛看了我一眼，我不知道他的意图，朝屋子里喊了一声。

潘四说你今天真是好运气，你会看到这个世界上最精彩的表演。我已经习惯了他的大吹大擂。我以为他是要去工具房找杨田要什么东西。潘四蹲下身之前，回过头来对我说，你可以走远点。我朝后退了几步，其实我并不知道他要做的事情有多危险，他也不会知道。

潘四一边准备着打开笼子，一边大声说："你知不知道什么叫引火烧身？"我说不知道，他就说，"你马上就会知道，我要让你看看这个火是怎样引的。"

"你确定老鼠会跑到杨田身上？"

"我当然确定，它不跑他身上还会往哪里跑？"

远处拉粪的马车，正在往车厢上的铁桶里灌水。空气中有一股臭味飘过来，我捂住鼻子想着潘四说的话到底有多真。我看见他把火柴拿在了手上，笼子已经被他拉开，老鼠没有立即跑出来，他把笼子往前掀动了一下。

老鼠出来了，潘四划燃了火柴。洗了煤油澡的老鼠忽地燃了起来，我的耳朵里响起了子弹穿过时风的声音。老鼠像一道电光那样一闪，它的速度比风还快，它果然跑进了工具房，如果杨田站在他平时站着的地方修锄头，那老鼠肯定会撞到他的身上，我们就能看到人鼠大战。这是潘四说的，他的预言就要实现了。

我们听见了屋里的动静很大，屋子里面的东西倒了，杨田发出了叫声。

那个火球跑出来的时候，一闪就不见了。接着我就听到了潘四倒地嗷嗷大叫的声音。

潘四的裤子燃了起来。

屋子里的杨田跑出来，他的身上也带着火，他不停地拍打。他的手烧着了，他把手杵在地上。

潘四在地上滚了几转，火越燃越大。

我看傻了。看热闹的人不知从什么地方赶了过来，大家七嘴八舌地说赶快打水来。有人跑去抬水，有人阻止了说用水来灭人身上的火，等于火上浇油。

杨田从工具房里抱出一件破棉袄，他扑倒在潘四身上，这样潘四身上的火灭了。

潘四被送进医院，场部医院还不行，立即转送进公安医院。

杨田被连夜审问。

"为什么要放火烧老鼠？"

"为什么要残害干警子女？"

"打击报复你有什么动机？"

杨田一个问题也答不出来。我也是一个问题也不敢回答。

面对不同的人对我的问话，我总是坐在他们面前低着头。我什么也不敢说，因为火明明是潘四点的，他们却问我杨田从什么地方把老鼠引出来的，我是不是都看见的。我真的无可适从，就连我的妈妈我也不说。我担心说错了被她打死。

可是杨田死了，这个事情的严重后果我是不知道的。

杨田到底是我爸爸打死的，还是潘四的爸爸打死的？事到如今似乎都不再重要了。我的爸爸心那么软，他怎么可能打死一个人？总之人死了，就得有人要承担后果，要负法律责任。

我那时太小，还不懂得什么叫你死我活。

七

我一直朝着茶山上跑，手里提着给爸爸中午吃饭的盒子。我跑过碎石子铺的小路，跑过牛群和羊群，清晨的太阳还没有完全出来。我想哭，我不知道自己为什么想哭。我的眼泪就是止不停。妈妈早早地叫我把饭送了，她说她要去场部仓库领东西。她坐在手扶拖拉机上，早早地就出门了。

远处的树林里还有雾，那是梨树林。树上的果子，被雨打落得满地都是。有时候我们会在树下捡果子，爸爸说那些都是打过农药的果子不能吃。可是我就是想吃，他说人吃了就会死。那么杨田不是也没吃这个果子呢？他人好好的，晚上就死了。

潘四的爸爸将自行车的停车架踩下，停放在我们玩的沙地旁。前面的轮子由于瞬间失去支撑在向后倒。他的车铃似乎坏了，以往他不管在哪里看到我们，总会把车铃哗啦哗啦地摇一遍。那时候他显然不是来找潘四的，因为他似乎很吃惊，会在我家门口看见我们。为了不受约束，我们常常会跑到离他们视线以外很远的地方。可他不知道，五个星期前，由于早已厌倦了玩具手枪，我们点火烧树枝，火焰燃得太大，差一点造成山火。幸亏当时的一场雨将火焰扑灭了。后来我们就再也不敢去那儿了，生怕被人知道警察的孩子变成了纵火犯。

以前潘四也看到他爸爸进了我们家，他就会显得有些不安。平时和我们玩过弹珠之后，他离开时总会细心地数一数，防止我们任何一个人偷走他的弹珠。现在他数也没数，就用皮筋把袋子一捆就走了，像是要赶到他平时给我们吹牛的地方去取东西。离开的时候还差一点撞倒了他爸爸的自行车。

潘四的爸爸很久没有来我们家了。自从潘四住院，杨田死了。他像是与世隔绝了一样，他没有再对我问起杨田怎么放火烧潘四的事。

我进到家里，警觉地朝四处看了一遍。潘四的爸爸站起身来，他走到靠窗的地方才叫了我一声。我不想理他，妈妈说我没有礼貌。她的声音跟平时不一样，很软和好像还有点慌乱。我还是从中听出了妈妈与生俱来带着的杀气。我第一次感觉到，我真的就想被她打一顿，最好是现在马上。我差一点就说出来了，差一点还说出来潘四活该引火烧身，那一天我浑身上下都是气，可是我就是没有勇气说出来。

我把脱了的白球鞋放在一边，鞋边右脚指头那里破了一个洞。但这个洞破得不大不小，妈妈说还不到要换的时候。所以每次我都穿着它踢球，跑步，想让那个洞变得越来越大，但它却反而一点也不受影响。

我想进睡觉的房间，门关死了，我撞了两下，知道是妈妈不让别人看见我睡的狗窝，故意锁上了门。我不敢看潘四爸爸的眼睛，他正在看着我，当着我妈妈的面。我从来不喜欢他，甚至有点怕他。潘四总给我们描述他爸爸如何让他把裤子捞起来，用皮带打他大腿的事，让他晚上不得不用肚皮那面趴着睡觉。我们知道潘四又在吹牛，他喜欢吹各种各样的牛，反正他什么都比我们强，哪怕挨打，哪怕他差点被火烧死。被父母打不是一件光荣的事情，在潘四那里甚至变成了一种比赛，潘四就是为了说明，他的人生经历要比我们狠得多。这也是我佩服潘四的原因。

即使知道潘四编出那些细节，我也深信不疑，他的爸爸就是一个心狠手辣的人，可是潘四为什么要颠倒是非混淆黑白呢？明明是自己烧的老鼠，引火烧身，他就是这么说的，为什么要陷害杨田？

整个监狱里只有我的爸爸不打犯人，这是我的爸爸自己说的，我完全相信。以他的软弱那是肯定的。我完全可以想象得到潘四的爸爸打犯人的情形，一个把儿子打成那样的人，打起别人来更是顺手。潘四的耳朵很大，耳垂也很厚。他身上总带着一股烟和汗水混杂的味道。这本身也没什么大不了，但一看到他脱去外套，穿着一件工字背心，那太阳晒出来的，与没有晒到的所体现出来强烈的对照，跟潘四腿上的瘀青就像是一个颜色。我能想象他的爸爸下手时是多么重，就像打敌人似的。

"你说他们为什么在监房里打完人，出来还打我们？"很多次潘四问我。

"为了我们将来不会像他们一样。"他不知道在我们家里，动手的总是我妈。不然他会怎么看我？我总把父母的伤害，在人面前表达成是为了我们好。他们现在打我们，是为了将来我们不会挨别人揍。父母下手总要比别人轻很多，所以我原谅了妈妈把我往死里打，而只是动了杀妈妈的念头，却从来没有敢实施过。有几次我只是把绳子从石头下面拿出来看看，从来没有像无数次梦中出现的那样，用绳子勒住了她的脖子。我没有那个胆子。

如果将来长大了，落在别人手里，是一定要将我打死的。我还活着，我没有被打死，就是为了将来不被人打死。

"我可不这么看。"潘四的想法跟我正好相反。他很难理解父母的良苦用心，他觉得他们的暴力就是一种习惯，就像说话一样，甚至比说话管用，能让人迅速服从。

晚饭时间，妈妈开始炒菜，家里面油烟四起。潘四的爸爸和妈妈说话的声音夹在油烟里。我被迫坐在离洗菜池不远的地方，以备妈妈叫我递东递西。其间我还专门出去买过酱油，我故意跑到马路那边的村子的小卖部去买，为是的拖延回家的时间。吃不了饭他等不及就会走了，我不想跟他在一起吃饭。

我回去的时候，他们不在外屋的客厅，妈妈的屋门是关着的。我的房门却开了，屋里的灯光显得越来越黄，外面的天色已经暗了下去。窗外的寒风将树枝吹得互相碰撞。虽然我什么也看不清，但我能想象那风已经卷成了海浪状，带着几片凋零的树叶向着我的窗边袭来。伸手靠近一些，能感受到那几个小小的窗边的缝隙，正承受着黑暗的力量，想将我召唤出去。

我似乎已经忘记了早上我是否真的看见了死人，我甚至觉得回忆中的那双脚，就是我早上在禁闭室看到的场景。还有这不停歇的风，让我觉得正是什么神秘的东西在指挥着它。比起这样的恐惧，对潘四的爸爸的恐惧也就不值一提了。我立马站起来，朝客厅走去，把卧室的门紧紧关上，生怕它们又尾随着我。

我叫了两声妈妈，只有厕所水管滴水的声音回应我。我开始害怕，并将声音提得更高，害怕和愤怒能让我感觉到，我的脸在迅速发烫。妈妈从卧室走了出来，也像我一样把她卧室的门紧紧地关着。

妈妈叫我，我不理她。她说你找死啊？我狠狠地看了她一眼，很响地关上门，然后我听到潘四的爸爸从屋里出去了。妈妈关上门，我以为她会踢开我的门把我打一顿。我准备好了，就是想讨打。

那天晚上，爸爸很晚才回家，我记得他的那件浅绿色的衬衣，那件深色的制服被他提在手上。他的背脊之间湿透了，领口解开了两颗纽扣，能看到他的汗水从脖子上一直流到胸口上。他把领带大大地打开，挂在他的胸口前，样子非常狼狈地站在我的房间门口。他快要消散了，像一堆散沙那样被风卷起的样子，风一停他就散了。

我突然就哭起来，哇哇啦啦地哭。妈妈从她的屋子里出来，被这突如其来反应吓住了，她没有即刻开口问，反而是在等爸爸，她想他一定会先开口的，所以她保持了她特有的无动于衷的冷静。

"他想让我进监狱。"爸爸并没有抬起头，却躲闪地扫了我一眼，我立刻明白爸爸说的他是谁。我不知我为什么会立刻就明白了，而且准确无误。

"谁？"妈妈好像突然放松下来，像是她听到的要比她所想象中情况更好。

"你不说，我就永远不会知道吗？"父亲愤怒地看着妈妈。他终于愤怒了，我反而振奋起来。我跳下床站到门口，我要看看我的妈妈，看她还敢不敢像往常那样咆哮。我也要戳穿他们。一直以来爸爸以为我跟妈妈是一个阵营的，其实我跟我的爸爸才是一个阵营的。

"怎么可能？"妈妈故作镇定轻蔑地说，试图用轻松的方式打破紧张的气氛。

"渎职罪！滥用职权罪？到底是什么罪？"爸爸冷笑了一下，像是在哭一样，又胆怯地看了我一眼，生怕我真的怀疑他犯罪了。

"杨田真的不是我打死的。"

"他是在场的，他怎么可以反咬一口？你知道的我不可能打人，是他用的电棍。"他的声音开始变得沙哑，"这是诬陷！"

妈妈埋着头不说话。

接连的几天妈妈什么声音也没有，她像是一块还没有燃尽的木头沉到了水里。让我感觉家里总有一股湮灭的烟味，黑漆漆的像是在洞里，我们都在等待某一时刻的到来。

八

"如果你听到我尖叫，就赶快跑，边跑边叫，朝着山后跑，让你的爸爸听到你的叫声。"

那天早上，妈妈给我说这些话以前，我看到我的爸爸早早地，提了个黑色的手提包出门了。他本来可以从屋后面那条小路走，如果他要出远门，从那条小路走出去，就可以直接走到去往马场镇那条公路。

可是他偏偏要绕着整个住区的那条，刚刚铺完水泥的路走，他那样胸有成竹地走过人们的视线。当时潘四的爸爸正在自家屋门口修理自行车，他把一把扳手往窗台上搁的时候，看见了我的爸爸。

我看见他们都看了对方一眼，好像每个人心里都揣着什么胜券。爸爸加快了走路的速度，他的凉皮鞋底上的鞋掌发出来的声音，在那个早晨嵌入了我的耳膜，让我感觉到一直很痛。妈妈把灶台上的红薯翻转，她弓着身体让我觉得她是无事找事。

潘四的爸爸来了，他居然骑着那辆刚刚还在修的自行车。我先是听到了自行车咣啷的声音，然后才看到他把自行车靠倒在屋角。他是从我们家屋后的那条小路上过来的，这就说明他要绕过住区的路，绕过众人的眼目，上了去马场镇的公路，再折回到通往我们家屋后的小路。

他与我爸爸走了正好相反的路。

妈妈像是早就算好了他来的时间，他像是如期而来如约而至，分毫不差。我跑进屋去试图关掉门把他堵在屋外。可是他紧随其后，正要关闭的门只是撞了他的头一下，我转过背，他朝我笑了一下捂住他的头。

妈妈没有在客厅，妈妈在自己的屋子里，我叫了一声妈妈。她没有答应，像是不在家。潘四的爸爸径直推妈妈的房门，那是爸爸和妈妈的房门，他怎么可以那样进出自如。他进去了，他不会知道，如果他知道他还会进去吗？我想到爸爸曾经带我去山林里设下陷阱，打兔子的情形。那是个铁夹子，他一路沿着兔子可能出没的地方撒包谷和胡萝卜，一直撒到铁夹子上。他告诉我这些都是兔子喜欢的，它一定会来的。兔子不会知道，等待它的是断了手足的束手就擒。

我坐在凳子上，我不可能把手里的半截红薯吃下去。我怕听不见妈妈说的声音。那个上午好长，窗外的阳光把灰尘完全洒了进来。

终于我听到了那个叫声，我停了一秒，是的，是妈妈尖叫了一声。

我拔腿就跑，还没有出门，我就哭喊着："救命啊，救命！"

妈妈真的尖叫了吗？她真的叫了吗？那个叫声是不是我想出来的？我一直哭一直跑……

我跑过每到三月开花的梨树。我分不清楚落在地上的是雪还是花。我暂时停止了呼喊。我听见火车经过的声音。火车底部摩擦铁轨的声音。打响鼻的马，小卖部里女人的笑声。我听见爸爸打开铁门的声音。妈妈被强奸了，我听见弹珠掉落，弹跳，在水泥地上滚落的声音。

前世今生

爸爸，请为了我祈祷吧
当所有的鸟儿都在天空中歌唱时
到处都会有淘气的孩子
当你看见他们时，我就会出现在那里

他唱着这首歌，它属于全世界。

他坐父亲的出租汽车上。父亲戴着墨镜，犹如每一次射击前先戴上手套，半抬着手注视着远处的靶环一样神情专注。

那时他是多么的幸福，或者说他的父亲是多么的幸福，将自己人生的所有希望，放在射击场上，那是一种自由的生命状态，如同飞翔的子弹一样给他带来生机，那也是他们共同享有这样的希望。

"别了，爸爸。死亡是如此冷酷……"他调低了声量，莫名的伤感完全来自于歌声。他一直以为，那只是一首离自己和父亲很远的歌。现在他跟他的父亲一样，开着出租车，不过他不可能再像从前那样，唱这首曾经风靡全球的歌了。

"三十秒前必须射出那颗铅弹。没有把握你就放下！"

他知道父亲说的是一种射击的态度。他的父亲一生都寻找着准心对应的靶位，在父亲心里有个巨大的靶场，那才是生命真正的方向。虽然父亲从来没有明确地这样说过，可是他心里明白。

他松弛了肩膀，放下枪，将枪口垫在面前一块灰色的工业海绵上，取下气步枪筒。他的耳朵里依然是铅弹离开枪口时的声音，他喜欢这样的声音，像风一样自在地起落。其实，这个声音之所以好听，是因为它就像一根琴弦的颤动，从他的身体里涌过那样自然和美妙。

离开之前他拧开水管，洗了手。墙壁右上方的圆形挂钟，指针走到四十五分时有点吃力，来回摆动一下，又继续向前。冬令时过后，这个挂钟没有调试过，慢了一个小时。这很符合他的心情和处境，没有调试的日子，如同墙上的破钟。

那天早晨与别的早晨并无二致。出门前，雨停了。他打开小铁皮邮箱，里面除了一些当日的报纸，还有一封信。信是从报纸里掉出来的，落在他的脚边，上面盖着红红绿绿的印章，让他想起了印度的国旗。

拾起信，他的手抖了一下，异样的感觉就在那样一瞬间占据了整个身心。信是他母亲写来的，告诉了他父亲死亡的原因。看到这个消息，他的身体颤动了一下，感觉是从心里出来的那种抖动，又像是一个很长久的咒语，他说不清楚怎么会有这样的感受。总之，它在令人猝不及防的时候到来了，那么准确无误地落在了他的身体里，让他有点难以接受。

他就那样呆呆地站了很久，如同每一次射击前那样，总是可以自然地调整好一切。身、手、肩与枪的距离，就像是他日常的一个动作，不需要做任何思索浑然而成。可是今天他却转动了几次头的方向，在没有枪的状态里寻找着枪的感觉。哪怕一丁点，唔，他强烈地感觉到身首分裂的无可适从。

出事那晚，父亲跑了一趟长途，返回的路上，在一个岔口，也许他太不熟悉那条路。弯道不算太急，信里没有讲是否还下着雨。一辆载重货车，以我们可以想象的速度侧翻，出租车被卷入货车轮胎下。

父亲死了。就像落叶随着一阵风飘落，或者更像子弹落在靶牌上，它的速度和声音，是落在人的大脑中的。挥之不去的不是父亲的死亡，而是与父亲一起射出去的子弹留有的瞬息的声音。那些声音是听不见的，他告诫自己，那只是一种记忆罢了。

无论如何就只有声音了。父亲的愿望只是射击场上的声音，这个很荒唐的感受，让他很自责。自己的父亲苦心孤诣倾其一生寄予的希望难道只是一种声音吗？或者他还能够在射击场上，接续着一切。就像影子重叠着影子那样，声音重叠着声音一样。他发现自己的生命，竟然是父亲生命里的一个枝节，是可以接续的。那一天他感觉到一种奇妙的生长，致所有的骨骼，嗖嗖地似风穿过，又似子弹的速度。压在他父亲身上货车的重量，成为接续的重量。

窗外，被雨水打湿了的银杏树叶，带着初冬的寒凉落到地上，也像是落在了骨骼上。他每天举枪、瞄准、放下，一招一式，完全遵循父亲的教言。似乎只有这样他才能平衡失去父亲的悲痛，以及一个人孤身而居的生活。父亲走了，可是他始终走在那些重合的声音里，他的影子还在继续拉长再拉长，终有一天，他会离那个影子越来越远还是越来越近，这个想法让他稍感不安。他的脑子里突然出现了埃蒙斯肩扛步枪卧射的情形。唔，这个被视为射击天才的奥运选手，注定是失败的，雅典奥运会像是一个前奏和铺垫，北京奥运会只是重演。就像自己要重演父亲一样。脱靶与偏离人生轨迹是一个道理，想到这里他似乎释然了许多。

从射击场出来，要走过一个面包店，再乘坐地铁三号线去到出租车公司，晚上他得上夜班。驾驶剩下的那辆黑色的福特轿车。他也是第一次感到自己有些心不在焉，没有了父亲的世界，像是被人拿掉了幕布的舞台，空了的舞台人站在上面没有了遮挡，真是让人有点手足无措。曲终人散时，余音绕梁，原来舞台只是一个人的舞台，没有观众只有一种想象出来的声音。

他耸耸肩，又一次调整了一下头与肩的位置，打开车载电台。他绕路回温哥华机场，接那些来自四面八方风尘仆仆的旅客。他似乎更愿意接受他们从不知名的国家或地区带来的气息。那种陌生的弥漫着路途风尘的气息，对他来说更像是一种声音，隐藏在各种各样的气息里，给他带来在射击场上同样的期待。原来开车和射击之间，包藏着多么相似的希望。

晚上起雾了，道路两旁的树木深陷在薄雾里，影影绰绰一晃而过。他希望最好打车人的目的地能在市区内，这样就减去了许多的劳顿。走过了狮门大桥，十二点之后，陪伴他的只有电台重复播放的早间新闻，这让他想起了在印度凌晨开车的父亲。

十六年前，他得了政府奖学金，他父亲满怀希望送他去加拿大学习轻武器设计专业，并相信总有一天，他能成为一个轻武器设计专业方面的高手。不能像自己那样空有一腔对武器的迷恋和向往，熟知城市每一个小巷，将体力消耗在脚的起落之间，开着出租车满街跑，离心中的愿望总是遥不可及。

可他还是子承父业，在加拿大开出租汽车。想到这儿他觉得很对不起父亲，心情黯淡。雨刮器在车窗玻璃上来回地刮着，已经没有下雨了，可是他仍然让它刮着。雨刮器是没有选择的，他也是。他可以选择的是，每周去射击场一次或两次。这是他唯一的能够心随所愿的方式。父亲常常说生活跟射击一样，首先要找到准心，将右脚向外迈开，上半身向后倾斜，然后子弹才会如人所愿地到达靶心。

他知道他和他父亲的"准心"，并不是出租汽车。

而在加拿大，这几乎成了印度人特有的职业。实际上他跟他的父亲心怀梦想地选择大学专业时，一开始就显示出一厢情愿的执着。世界的"准心"被他们握着的时候，其实早已经偏离了原来的位置。

也许他和父亲可以操纵一支气枪，到达出神入化的境界，轻武器设计可是一个无论从哪方面讲都处在高端领域，凭借的不仅仅是对靶心所向披靡的感觉。几乎是一种命运的轨迹，他坚信在那样的瞬间，他们是能够辨别速度与方向之间的距离的。

深夜机场的人不算多。远远地他看到了她，一个小型的黑色行李箱就在脚下。他停下车，她将放置在脚边的行李箱朝前轻轻地用脚挪动了半步。她边打电话边四处寻找着，他只能看到她的灯光映着的一个侧影。她是美丽的，他想。他将车轻轻地滑过去，正好停在她的面前。"上帝啊，你给了我这样的机会。"他不知道自己怎么会发出这样的感叹，打开车门前他调换了一下身体的侧重点。一个金发长飘的女人，个子不高，身材却挺拔。她本来是可以坐前一辆车的，另一辆车中的人下来了一个改乘，她就落到了他的车上。

他打开后备厢，轻轻将她的行李放进去。她站在原地没有动，她的眼睛在灯光下忽闪忽闪的。他绕到右边为她开了车门，他注意到她迟疑了一下，一只手朝前伸了一下，仅只是一下，就缩了回去。对这样一个容貌姣好的女人，他没有做过多的思索，坐回驾驶座就发动了引擎。

车子驶出机场，很快上了高速。雾气更浓了，他关掉车载电台，打开雨刮器前，他试图跟她说两句话，诸如去哪儿？这样的日常问话。他转过头，她侧面朝外，没有一丝说话的意图。静谧中有一股淡淡的气味，不是香水的味道，是车窗外透进来的湿气，夹着一种他说不清的味道。

一路上他偷偷看过她几次。她就那么坐着，一只手紧握住手机，另一只手握在上面，像是要握住心中一个毫无把握和征兆的事物。从她的左眼留下的眼纹来看，她也该近四十了。于是他在心里开始猜测她来温哥华的原因，见什么人呢？没有人来机场接机。旅游？寻亲？都不像。

车行驶到了岔道口了，交叉路口就要与温哥华分道扬镳了。他放慢车速，终于略微转了一下头，轻轻地问了一句："去温哥华吗？"她只是侧侧身子，像是没有听见他的问话，直到他将车慢慢停在路边的安全地线上。她才回过神来礼貌而警觉地看了他一眼，她像是突然间明白司机为什么停车，车窗外雾气弥漫到玻璃上。然后她松开紧握的手，举起来，然后举到他能够看得到的位置。地址是用德语写的，他不太看得懂，往下再看，他看到了英文的"温哥华……"字样，余下的字看不见了，他松了口气，只要是温哥华就行。

她为什么不说话？她只说德语吗？那是德语吗？他开始怀疑刚才看到的是哪一个国家的语言。

他重新加快了速度，车子飞快地跑起来。她还是那样无声无息地坐着，他想打开收音机，几次抬了抬手，都缩回来了。不知道为什么，他开始猜测她的处境。她为什么不说话？她是从法国过来？他看不清她的脸，因为她一直侧着，窗外一晃而过的灯光偶尔映照在她的脸上，给了她凄美的神情。

他调整着自己的注意力，尽量去想别的事情。他想起上周早上，他打开小铁邮箱的情景。他的母亲寄信时，为了防止压碎，而选择的专业空气包装袋，厚实得像汽车发生意外事故时，防止乘客碰撞受伤的安全空气气囊。母亲为什么连寄一封信都要选择如此累赘的方式？难道是与父亲几十年来的生活的一种无法容忍的表露？母亲老了，人老了就会想出与事件无关的枝杈来，也就是事情本来不需要那么复杂，人老了却会那般复杂地处理和表达。

他还是忍不住打开了收音机，收音机在播报当日新闻时，插播了一段音乐。现在的流行音乐真是糟透了，他感觉无法忍受。他将声音调低了一档。如果他早知道那个信袋里面装的是父亲的死讯，以及母亲罗列出的各种后事的事宜，他宁愿这样的一封信在路上碎了才好。他的母亲也许觉得写信是最好的方式，也许她想放慢这个噩耗传播给儿子的速度。她不想在电话里听到儿子悲痛的声音，或者更不想让儿子感觉到失去丈夫后，一个母亲的痛苦处境。总之，他的母亲采取了写信，并且如此繁复地将一封信人为地变得沉甸甸的。

他很少收到私人信件。这些年他收到过各种各样的信，银行催缴信用卡通知单，餐厅促销打折卡片。甚至政府还会寄错教育部长的选举投票信息。

这些近乎滑稽的事，他已经习以为常。而事实上他在加拿大的存在甚至没有引起政府的注意或者登记，随意将他分门别类，当作一只丧家之犬也未曾可知。

不过在大学三年级时，他收到过父亲寄来的一张明信片。明信片上的照片是印度最大的射击训练场地。

他明白父亲的意图。

童年的岁月，从春天再到冬天，记忆里全是枪支从绿色的帆布枪袋里拿出的那份沉重带来的光泽。射击场内几乎全是中年男人，在管理员那儿排队，常因为插队和别人争吵起来。

只要父亲休息，都会带着他来这儿。那时的射击场还没有完全封闭，他坐在观看台的另外一侧。他们穿着不同颜色的射击服，却将枪支举在同一高度。

树叶在雨天里铺满了射击场，子弹穿过枪膛时的声音细弱如丝，他就是那样形容枪声的。

他的父亲很满意，将他高高举过头顶，仰视着他说："细如雨丝，这个太妙了！"

父亲每次拿起一把气步枪来，都要精心地调试，不像其他人，要先射击通过落在靶上的洞判别精准，他从不会随意试发一颗子弹。铅弹发出后，他不将靶子拉近，就能通过扣动扳机的清脆声来判断子弹到达靶子的环数。

雨丝亮晶晶的，为什么那些年雨丝总是亮晶晶的呢？

他想不明白。

"我也不过是一个随意的邮件而已。"

他这样想着，汽车拐过一道弯，远远地可以瞧见温哥华夜晚明亮的灯光。

"那说不定是一个九环。"

父亲掏出烟盒，拿出一张香烟纸，用舌头从左边顺着舔向右边。用手搓了搓烟草放在烟纸中央。点燃了火，虚起眼睛，等着儿子报出的好消息。

他按动按钮将靶子拉近。那张黑色的靶心洞穿九环与十环那根区分线。

最开始他觉得父亲的行为滑稽可笑，将无足轻重的猜测处理得如此谨慎严肃，像赌场里那些技高一筹的赌徒，在嘴边沾一点唾沫，小心翼翼地翻牌，再自作主张地押上筹码。

后来通过父亲他渐渐发现，射击与打准靶心，远不止表面上看起来那么简单。他父亲瞄准靶心的同时，也瞄准了命运，操控靶心的落点，让结局和命运不谋而合。

他不敢小觑宇宙的妙合更不敢声张，屏息宁神才能与心愿或者目标更加接近。他和父亲都相信总有一天，隐藏在他们之中的秘密会不攻自破，如罂粟花绽放时一样不可抵挡且妙不可言。

如今他甚至认为，当初选择学习的专业之所以事与愿违，完全是泄露了天机。经过声张后就无法到达，这跟射击是一样的。

可是父亲仅仅是想让他成为一名专业的射击手或者设计师吗？在父亲心里也许还隐藏着更大的秘密和野心。

父亲替他谋划的未来，就像当初操控着靶心的落点。虽然有时也会存在疏漏，但是从不脱离轨迹。大致路程的把握仍然拽在父亲的手心里。让他学习画画，幻想他有一天能够成为轻武器设计师，能够接触到真正的武器。而这仅仅是一个开始。

接续父亲的梦想，是不是他来到这个世界的意义所在？他不得而知。

究竟是谁在谁的梦境里显现呢？

父亲把自己的梦想和热爱放置在射击场，对他潜移默化的影响，等同于往一个人的身体里注射近似麻醉剂一类的药物。

他想到"药物"这个词的时候，觉得十分精确。无论意志或者是理想，到达一定的程度之后，它的药性就会空前绝后地发挥作用。

父亲说他此生就是为射击而生的，虽然时运不济，却丝毫未能影响他内心那份执着和永久的热爱。

获得政府奖金去加拿大学习，对于他们这样的家庭来说，无异于天降大任。父亲将天命与自己的梦想连成一片，他们的生活在某个时间里变得神圣且不可动摇。

"孩子，你会成为圣雄甘地一样的人物。"

这是他们一家人与政府共同坚信的，他肩负着双重使命。政府以及时间选择了他，那将意味着不同寻常的未来。

倘若结果与政府的想法背道而驰，那他最好永远别回来。

永远别回来了！他竟然有点想哭。街道上闪亮的灯光，缓缓地从车窗玻璃上一晃而过。多么美丽宁静的夜晚！他将车在酒店门口停了下来，他好像记起了她纸条上写着的那几个字母。他下车前递给她一张名片，上面写有他的电话号码和车牌号，以便联系。名片是她打开车门时，他塞到她手上的。她朝他挥手再见，却只是象征性地侧了一下头。

他把车开离了酒店时，他不想再跑了，只想快快交班回家睡觉。他突然开始怀疑刚才的一幕幕情形。他清楚地记得自己是打开了后备厢的，并且酒店服务生是拿走了她的箱子的。不过他感觉好像没有打开后备厢，就把车开走了。天哪，上帝！如果有什么事情，她会给他打电话的。

手机响了，他警觉地看了一眼，是报时器。他把手机放在座位上，他想把车开回酒店。他绕了两条街，那是什么酒店？脑子一片空白。哦，上帝！我这是怎么了？他又看了一眼手机，他想她发现没拿行李箱，一定会给他打电话的，还有酒店的前台也会的。

他停下车，打开后备厢，她的行李箱果然还在。他必须在她打电话前找到那家酒店。可是那是一家什么酒店呢？他完全不记得了，既不是她纸条上写着的，也不是他所熟悉的，可是怎么就将她送到了那家酒店，并且想当然地将她放在了那里。她孤身一人，她一言不发，她会说话吗？

终于他又回到了那条街道上，远远地看到了那家酒店。他长长地舒了口气。停下车，他走到前台，服务生跟着他打开后备厢，取走了行李箱。他忍不住问了句，她看不见吗？实际上他是想说她不会说话吗？服务生点头说是。

他开车返回。

十六年前的记忆还在延续。

父亲送他到机场，递给他一盒雪茄。摸着他的后脖颈儿说："从今天开始，你就要像一个男人，像个男人那样亲吻女人，像个男人一样……你明白吗？"

他父亲甚至相信如果他要是将后面的话说出，愿望就不会实现，他们之间秘密涌动的心血和一切将要付诸东流。

可怜的父亲还幻想过英国女王的垂青，竟不知道英国女王只是一个遥远的象征，而加拿大早就脱离了半殖民地状态。他父亲还说将来到了加拿大，说不定还要亲自被维多利亚女王接见，允许他握手行亲吻礼，得到来自皇室的荣誉。

他父亲将手从他的脖子后面收回，伸进衬衣前面的口袋掏出一张揉皱的手绢，随后又拍着他的肩膀。

"可是儿子，你要知道，雪茄有时也不过只是一支雪茄。"

父亲的心和意念第一次动摇，他甚至像个读书人那样用起了英语俚语。

现如今他不仅没有成为设计师，还和父亲最初的想象大相径庭。和父亲一样，做了一个出租车司机，唯一的不同是父亲在遥远的印度，而他却远在加拿大。

夜里从温哥华机场来回接送旅客，要经过一个很大的隧道。他放慢了车速，他拿起手绢擦拭后视镜，镜面亮堂得像通过气步枪瞄准器穿过的灯光。

> 爸爸，请为了我祈祷吧
> 当所有的鸟儿都在天空中歌唱时
> 到处都会有淘气的孩子
> 当你看见他们时，我就会出现在那里
> 别了，爸爸。死亡却是如此的冷酷

货车侧翻的瞬间，父亲是否还听见了那离开枪膛的最后一声轻响，如丝的雨声轻落在靶牌上。

> 就是那一个夜晚
> 我仍然穿梭在你前世的梦境
> 为你接续着今生或下一世的梦

他关掉收音机，他不愿再多想。他将前车灯调到最大亮度，然后加速，车很快地开出了隧道。

斯阔米什森林

一

很多时候，我一个人坐在屋子里，不敢打开窗户。窗外有一棵大树。

树在光亮中透出来的缝隙连同树影，摇晃在百叶窗上，会灼痛隐藏在我心底的歉意和内疚。很多时候，在我毫无任何准备的情况下，它们就像风一样席卷而来，蒙蔽了我的呼吸。我看不清楚任何东西，最后只剩下那种极为短促的，我不熟悉的噪音，很轻地叫着我的名字，环绕在每一个黄昏或者正午。

一切如同窗外的那棵树，有着无尽的根须，延伸到最深的，我的想象力都无法企及的地方。在那里，我不用想象不用浇灌。

等待在时间里永远是漫长的。就像一根火柴，渴望被盒子旁边那个长度很短的红色磨砂，被瞬间划亮后点燃。

我和安德烈相遇在一个夏天。其实我清

楚地记得，我认识安德烈的时候是冬天，但是我始终不愿意承认，我们的故事发生在寒冷的天气里。

碰见安德烈之前，我刚刚和 R 分手。R 留给我的印象并不深刻。我连他的名字都不愿意再记得，和他在一起的时候，我甚至都不知道他的名字，我从来都避免去喊或者去写他名字。倘若还能再见到他，也无法辨认出来。

他比我略高一点，有一些微微发胖。他每次来见我都像是小跑着来的，我能清晰地看见他衬衫上湿漉漉的汗渍，仿佛无论什么样的风，都无法将它再吹干了。所以我对他所有的印象，永远都停留在一种潮湿的情景，浸泡在模糊的记忆里。

R 的样子应该是那种你见了他第一眼，你都不会想象得出他父母长什么样子的人。他很有钱。至少在那个时候，他能够完全地应付过来一个刚刚成熟起来，但仍然稚嫩的少女普通的日常开销。在那个十七岁刚出头的年龄还有什么可求的呢。R 比我大至少七岁；他没有给我具体地透露过他真实的年龄。有时他告诉我是大七岁，有时他又说大十岁。我从来不迫切地想要知道他的年龄。

R 给我带来了无数，我连做梦都想要拥有的东西，即使我从来没有向他开口要过。我不得不承认，在物质上他对我有一种我无法拒绝的魅惑力。在那个年龄，我不止一次地想过要嫁给他。这多少有点疯狂，嫁给一个我并不喜欢，但是却能让我后半生过得无忧无虑的人。他还能肩负起我白发苍苍的母亲，或许还有母亲的情人，后半生全部的生活。我的父亲也不用再去疲惫地经营他的饭店。他可以早早地回家摆弄他的钟表，那是我见过的他一生中的唯一兴趣。他在折腾他饭店的岁月里，他身体不停地发胖，脸上的皮肤也松松垮垮的。我可以把钱一把一把地装进最粗糙的塑料袋里，然后通通丢给他们。

我们认识没多久，就交往过密。我一直不知道，为什么我的第一次，没有如我所了解的那样，留下点什么印记。但是当时我却没有任何面红耳赤或者羞愧的表达。而他也没有问过我。在十七岁以前，我一直渴求和想象着，与我度过第一次夜晚的男人，可是那个夜晚让我很失望。

那样的时候，我们都没有说话。我猜想这段经历，之于 R 也不会有太多的记忆。没过多久，他就告诉我他要去斯阔米什了。我虽然不记得他的样子，但是我还记得他当时说话的语气。他说："半年后，我把那边安顿好了，你就过来。我们在斯阔米什买一套房子，我们就住在那里，还可以把你父母给接过来。"

我看着他，我突然就知道我不会嫁给他，我不愿意过一种枯燥的生活。况且我总觉得，他精明的父亲一定会识破我的，识破我是一个渴望金钱的年轻女人，一个和其他年轻女人没有多大差别，甚至相貌还要逊色几分的年轻的廉价女人。

R 走之后，他把他的车留给了我。那辆第一次带我去看夕阳的车。可是那时候我还不会开车。所以在他离开之前，我就把他的车给卖了。他好像问过我，为什么不爱他。他站在一个轻薄的女人面前，用了哀求的方式，如今想起来都为他感到羞愧。

R 走后一年，在斯阔米什的叔父，突然跟我们家有了联系。那时候我父亲经营的度假饭庄，生意非常好，有如火如荼的那种趋势。父亲告诉叔父我想去斯阔米什。那时父亲有点财大气粗。叔父也满口赞成我去斯阔米什，并说和他们住在一起。这是我父亲唯一一次帮我，我一直和母亲住在一起。父亲新找的那个女人，从不让父亲拿一分钱给我们。父亲开口的时候，也是避开了那个女人的。可是最悲惨的是，我和我的母亲虽然相依为命，但是我们俩却并不能在一起相处。我越长一岁，我就越能感觉到她作为一个女人的无可适从。我急于想要逃离母亲，也就不假思索地选择了去找我的叔父。我一直想象着能在斯阔米什碰见 R。

我常穿着过膝的大衣。那些年，我的脚步在街上总是显得很匆忙，即使当时并没有什么要我匆忙赶着要去做的事情。我只是想给周围的人，表示出我匆忙的样子，这样他们就不会怪罪我是一个游手好闲的女人。

那个时候，我反倒是极其愚蠢与天真，以为别人总会把眼睛放在我身上，或者至少放在我可怜的瘦小的屁股上。不论做什么事我总是缩手缩脚，担心别人在背地里对我说三道四。

离开之前，我去了父亲开的饭店。父亲没有在，我绕过服务员和热气腾腾的饭菜，找到和父亲在一起的那个女人。我告诉她我要走了，她没有抬起头来看一眼，一直捣腾她养的金鱼，抓过旁边的鱼食。我站在鱼缸边，看见父亲从对面的街道穿过来，太阳光下的他，显示出一个中年男人形槁影枯的腐朽。不待他走进饭店，我从另一道门匆忙离开。

二

叔父来接我之前，我住在一家廉价的汽车旅馆。他来接我的那天，我还特意打扮了一番。我从来没有见过我的叔父，我不知道他多少岁，长什么样子。而更重要的是，我们没有丝毫的血缘关系。

我一早起床就去公共浴室洗澡。厕所里没有什么人，倒是有一股散不开的湿气，扑面而来。那是前一天晚上，洗澡的人残留在厕所的味道。空了的洗发水瓶子印着异国的字母，平静地躺在浴室的地上。虽然是被丢弃的，却没有丝毫的让人伤感的成分在里面。我没有伸手去把它们捡起来，反而把地上的那些空了的洗发水瓶子，踢到了另一个隔间里去。

　　早上的街道几乎没什么人。我穿着裙子站在路边直打哆嗦。我低头望着我的鞋，试图弄清楚我穿的衣服是否合适。无论如何，我还是挑出了可以穿出门的裙子，这对我多少是一种安慰。我在脖子上挂上了一根从二手店买过来的项链。卖给我项链的老人说，这是在一个附近的海岛上发现的。其实我并不会相信。但是老人却收了，适合她讲的故事的价格，一串稀有的、古老的项链的价格。

　　她后来还说服我买了和那串项链相匹配的耳环。那对耳环不对称，左边的那只已经缺了一角。最可笑的是，我理所当然地以为，我付了那么多钱，她起码会给我一个新的，漂亮的首饰盒。但是她却从另一个房间，扯出很多厕纸，重复地用厕纸，将耳环和项链包裹起来，最后将它们放到食品包装袋里，塞进我的手里，然后转过身去看一张撕破了的废报纸，留给我一个佝偻的落有几根白发的背。

　　那天，是我第一次戴那条项链。项链特别的复杂，上面有很多珠子吊着。我戴上它，故意露出我的脖子。早上的冷风一直往我脖子上吹，链子上的金属，使得我的脖子更加的冷。直到叔父出现在我面前，我才意识到，我应该是没有任何机会接近他了。

　　透过车窗的玻璃，可以看见车上坐着的女人，那是他的女朋友。她摇下车窗打量着我，眼睛一下子就落在了我的脖子上。她一定觉得我打扮得如此的荒谬可笑。她后来还要求给我照相，那张照片洗出来以后，我看了一次，就给撕了。在那张照片里，我可笑的脖子伸得很长，所以脖子上的项链，很明显地变得更可笑。项链的颜色，就如同我去了森林里，捡了别人生火剩下的树枝，七横八竖地挂在脖子上一样。我再也没有戴过那条项链，反而留下了当时装项链的食品袋子和包裹它的纸。

　　和叔父住的那半年中，我和那个女人没有停止过争吵。无数次我梦见自己，在广场上当众扇她耳光。偶尔几次也会梦见，我连着叔父的脸也一起打。那个痛快淋漓直至醒来后还留在心里，我始终不知怎么会不停地出现这样的梦境。

　　后来由于无法忍受那个女人，我搬出了那个家。我一直不知道那个女人的名字，或者说她已经成了他的妻子。看她的样子，她的名字里应该是有什么芳或者媛之类的。她长得十分会算计，也足够妩媚。我一直猜想她大概是从北京来的。每一次她和我说话，都以发问的方式，眉毛往上挑着，似乎又不那么需要我的回答。我时常不知道她到底想问我什么。我能够体会得出她对我的轻蔑。

　　吃早饭的时候，她从不往我盘子里放鸡肉，却大口大口地把她盘子里的鸡肉，张着她的血盆大口，在我面前吃得一干二净。她喜欢在吃早饭前往嘴上涂口红，喜欢把鸡肉的边缘（因为炸得太久边缘变黑了）切下来，弄得她的盘子很不好看。也许她一直想让我懂得她的排斥。说来也好笑，她这种排斥其实不是针对我个人的，而是面对所有的和她一样的有着中国面孔的人。

　　那些年，我在斯阔米什，但凡是逛商场，中国人见到彼此，从不点头微笑，反而是漠视或者仇视对方，心里大概也猜不到对方心里也在骂着："他妈的，这是什么地方，看看你那熊样，也是你他妈的该到这来的？老子摸爬滚打地过来，不是为了见你这东亚人的。"

　　叔父在我搬出去前一晚，蹑手蹑脚地打开我房间的门。他站在门口没有说话，看着我，欲言又止。我住在他们家，父亲还偷偷地瞒着那个女人汇过一次钱，至于是多少我没有过问。他站在那儿，使得空气有些凝重，我埋下头去看着被子。他站了一会儿，他原本是想走向我的，可是在他挪动脚步的一瞬，他转身走向了门，我能感觉到他的迟疑和无奈。

年龄大的成熟男人对我来说，有一种神秘感，我的内心有一种趋近他们的隐秘冲动，对我的叔父也不例外。而我更相信他们也比较容易喜欢上我这种年轻的，看起来特别薄弱的女人。我想我母亲早就知道了这一点。这也就是她为什么没有让我见她的任何一个情人的原因。

也有一次意外，我其实差一点见到了她早年的情人。那时她还很年轻，我知道她非常爱那个男人，后来也是那个男人毁灭了她。那是端午节前，我们的城市下过雨后，空气中总有一股植物的气味，那个男人站在我们屋子前面的一棵树下。他很高大，我从他身边走过，我不知道他是来我们家的，他在打电话，我回头看他时，正碰上他看我的目光，我扭过头匆匆地跑上楼梯，将楼梯踏得砰砰响，我不知道怎么会用那么大的劲，我母亲在楼上都听见了。她平时最恨谁弄出响声。

那时候手机还不是谁都用得起的，所以我回过头看了他。那天晚上，我听见有人上楼了，脚步声很沉重，我直觉地意识到，只有站在树下那样体形的人，才会把楼道踩踏出那样的声音。坐在桌前做作业的我，不知道为什么心就跳了起来。

我们家的门被敲响了，当然用的是一种极有教养的敲门方式。母亲开门的速度，让我确信她一直站在门边手足无措地等待。他进屋来，我们的房间顿时有一种压迫感。我甚至不敢抬起头来，接着我们家的灯丝烧了。屋子里是一片黑暗，他们在黑暗里拥抱时，我站起来弄倒了凳子。

就这样，我一次也没有得逞过，一次都没有看见过，她的所有情人的面孔。我的母亲才是最为聪明的女人。

三

搬出了叔父的房子之后，我找到了一个公寓。住在公寓里的日子，有时让我感觉百无聊赖，不停地想吃东西。也许是因为拥挤。

虽然那时候夏天才刚刚开始，但夜晚还是像秋天一样，温度很低。看不见呼出的气体，只有在有路灯照射的时候，隐隐约约能见到一点雾气，但是一会儿就消失不见了。我喜欢在这样的晚上，出门，漫无目的。喜欢湿湿的那种含混不清的感觉。

之后的半年，我一直在打理自己的生活。偶尔也去熟悉街坊邻居。这一直都是中国人特别擅长的事情。而正好凑巧的是，旁边住的也正好是一个中国女人。在认识她之前，我每次从外面回来，总能看到她的门口放着花。或许是别人送的，或许是她自己买的。我一直没有看见过她的正脸。偶尔有几次看见她关门的时候，注意到了她的脚踝。那样白净的脚踝，我一生都没有再能见到过。她使我开始躲避看自己的脚踝。我的脚踝和她的比较起来，就像一只土黄色的雏鸟，羽毛因为意外被开水烫掉一大部分，就再也别想再长起来了的那种。

公寓里她的故事传来传去。在炎热的下午，她的故事从她是一个妓女，变成了她是一个脱衣舞女郎，并且一直保持着一个女人该有的自尊，直到一个越南商人出现在她的生活里，她才变得更加像一个谜一样，不再暴露在那些强烈的灯光底下。

炎热的午后，她的故事弥漫着一种热气，停留在走廊里，又缓缓地飘进我的房间。让我的整个夏天都是她的气味，那样强烈的紧张的气味，充斥在我的生活里，让我产生一种窥探她生活的想法。

之后，我在洗衣房里有幸碰见她了。她的样貌和我想象的大相径庭。总让我有那么几秒钟感觉到，她已经在那里住了几十年了，一定是岁月改变了她的模样。她有着笔直的黑发，但是却很毛燥，她一定才染过头发，因为不喜欢，又染了回去。因为那个黑发的颜色，显得过分的混杂，有一些断断续续的杂色，出现在她的发尾。她的身材已经比较臃肿，是那一种生了孩子后，才能够显出来的肥胖。她身体不停地往上缩，毛衣无法遮掩住她的赘肉。我从没有见过她的孩子。我也不再相信她会是一个脱衣舞女郎。但是，也许她的生命里，还是出现过某个越南来的商人。时隔很多年以后，在我偶尔和短暂的回想里，她也都是被我构造出来的样子，妙曼的身躯，以及迷人的脚踝，还有她是脱衣舞女郎的故事。

四

午后。我们的交谈总是在午后。

那段时间，天气骤然的冷了起来。那种天气像断断续续的链条，被卡在了自行车中间，总让人觉得这个天气，把秋天变得像河底深处的污泥，牢牢地抓住河中的物体，无法分离。向前走几步，我总是能够看得更远。我的脚的确如我描述的那样，被淤泥粘住了，因为光着脚，我喜欢光着脚那样走在泥泞的小路上。我在草丛上试着来回擦了几次。找不到具体的位置，又能感觉到它给我脚底造成的不舒适。泥巴嵌在我的指甲里，不管我之后用水洗过多少次，都无法洗净。

遇见安德烈·鲍德温，是我已经满了十九岁的某个午后。那个时候，我刚刚开始去教堂做祷告。我每次都坐在教堂外的凳子上等他。教堂侧面有一片森林，我不知道是否应该说是一片森林，相比森林，好像它又相对稀疏了一些。我一直不敢向森林的方向望去。但是它带给我的恐惧一点没有减少——乌鸦总是成群地从森林中飞出来，它们飞过树丛和天空，有一种从远而近的逼迫感，我无法忽略它们凄厉的叫声，也不得不在心里思想森林里的情形。常常是安德烈的到来，打岔了我的注意力。

安德烈应该属于早期移民，但是他的身上依然保持着地中海的特点，虽然他完全失去了迷人的意大利口音。他的脸部骨架都是传统的意大利人的长相。头发的颜色很深，他的卷发是他身上唯一存留的有一种艺术家感觉的忧伤和孤独的东西。我看书的时候，脑子里会突地闪出，他出现在文艺复兴时期，摆弄卷发的样子一定是十分忧伤的。

安德烈是当地的一个木匠。他帮别人在森林里面盖房子。即使那是违法的。他也给自己在森林里盖过房子，有几次，几个偶然的陌生人，敲开了他的门，他的房子不再那么隐蔽（因为如果那些陌生人，向相关的部门说起盖房子这件事，他不仅会被驱逐，还会被送去坐牢）。他花了四个晚上的时间，把房子拆了，搬到了森林更深的地方，他甚至也不曾向我提起，那座房子的去向。总之，那座小木屋，就凭空消失了。

很多年后，我回到那个教堂，沿着当初的路，向森林深处寻找，却再也没有了往昔任何踪迹。我怀疑过是否因时间的久远，混淆了记忆，怀疑那座木屋不曾存在过。但我向别的女人证实过，那座木屋是存在的。

人们常说，当你遇见一生中的唯一，当你看见那个人的眼睛时候，你就会感觉到他是这一生的唯一。我遇见安德烈的时候，我没有任何感觉。相反，我看着他的眼睛，却看到了比我对于钱，还要更加贪婪的深渊。

我常坐在他的屋子里，多此一举地给他缝补衣服。我只见过我的姥姥使用那些针线，所以我也只能靠着记忆里姥姥缝补东西的样子，试着给他补衬衣。大概是因为以前看姥姥缝东西的时候站得太远，根本就不知道针线怎样才会变得平整。

我给安德烈每一次补过衣服以后，那个被我补的地方，比没有补的时候更加显眼。直到有一天，我看到他偷偷地把我给补的地方，用剪刀拆了，才恍然大悟过来，我所做的一切是如此的多余。

在我们相识的半年中，我常站在旁边看他生火。那个时候我就断定，这辈子可能只有他，真的只有他，能够生火生得那样生动了。他专心地生火，我发现他在意的所有事情，也就不过是关于这些木头。无论如何，他也很难去关心这堆木头以外的世界。我也试着去引导他，和他谈论一些和文学有关的话题。但是，他对于人生没有任何看法。

多年以来，我慢慢意识到，安德烈缺少对外界事物感知的能力。他的生活简单得，就像一个细菌的生命，一个简单的骨架的构造里面，只装着几个出乎意料的寻常的，简单地支撑这个生命体运作的组织。

他做各种木工活，休息的时候，就去森林里采蘑菇。回来以后，就煮食各种各样的蘑菇汤。我从来也不喝，我一吃蘑菇就会过敏。但是我每次都问他，我能不能吃那些蘑菇。他起先不作答，到最后他也只会说，你不能吃那些蘑菇。除此之外，无论我问他什么，他都会说不知道。他认得各种各样的蘑菇。每当他想要把辨认蘑菇的这种能力教给我，我就会变得恼羞成怒，坚决拒绝让那几个词汇，从我嘴里说出口。

后来，时间久了，我在他自言自语的叨念里，自然也就认得一些蘑菇的名字。只不过我不想让他知道，他说过，这是他的一种遗憾，我不愿意说任何一种蘑菇的名字。

我每次在餐馆里洗完盘子，就会到教堂靠近森林的一块石头上。坐在那里，我等待着他。安德烈总是能够按时到达森林

的那个入口，然后我们去他的木屋。他总在一个熄灭的火炉里
重新生火，然后架起一个架子，在上面烤一些土豆以及面包。
那些食物的颜色，极其符合一个木匠的身份。火光慢慢地照亮
了整个木屋，我们围坐在火炉面前，他累的时候，会躺在我的
腿上。

　　木屑经常从火中跳出来，我伸出手来挡住他的眼睛，火苗
就都会弹在我的手背上。我望着他，看着他的眼睛，我甚至看
到了很多年以后，他的胡子，他向我提起的那个，在森林里用
木头做成的房子，还有那个新的女人。他也会向那个新的女
人，提起我们这段感情。而且他将不会记得我的名字。虽然一
切只是我的猜想，但是我仿佛很早就清楚地预料到了，他不会
记得我名字。

　　不记得是什么原因，我从来没有留下来过夜。我时常待到
后半夜，安德烈送我到教堂那儿，然后我再若无其事地自己走
回家，回到那个拥挤的居民楼里。有好几次回去时，我特别留
心地发现，那个中国女人门口，没有再放任何鲜花。

　　只要我不去餐馆上班，我就整天地想，她是不是和情人吵
架了。怎么没有人送花。我常踮着脚，从猫眼那里看她家的
门，焦急地等待着那个越南的商人，端着花放在她的门口。我
等了几个星期，也不见这样一个人。后来我也只能期待，哪怕
是任何一个可能的男人，或是别的女人，从她门口走过，我甚
至感觉到无法忍受那样的冷清。

　　晚上，我从猫眼那里看到她的灯常亮着。我意识到她也有
可能，从猫眼那里看着我的门，看我是否晚上灯也亮着。之
后，我就用一张从衣服上剪下了的布盖住了猫眼，不让光线穿
出去，我也只在偷偷看她动静的时候掀开那道布。

　　我曾经告诉过安德烈，将来会给他在森林里买一块地，那
是他一直梦想的土地。能够在森林里盖一个他想要的木屋，不

再受到政府的控制和驱逐。每次说起木屋，他的眼睛里面就泛着光。可是我却对我说出的话，马上就后悔了。我当然知道我不会给他买什么土地，我们都知道这种可能性，根本就不会存在。可是我就说出了那样的，连我自己都觉得不可信的话。我没有一点想要取悦他的心思。看到他瘦弱的、裸露的身躯靠在沙发上，似乎在幻想着他的土地，我居然感觉到了一种前所未有的厌恶。那种厌恶是我曾经有过的。

从第一天认识他开始，我就知道，我从他那里什么也拿不到。我也肆无忌惮地和安德烈谈起 R，他也显出丝毫的不在意。其实这一点我当时还是非常的失望的。我和安德烈还说，我们要找到 R，向 R 去要更多的钱。他就说我们再用这个钱去买土地。

每次说起这件事，我开始会大笑，然后突然停止那样笑，以冷漠和恨意看着他，狠狠地看着他。他怎么可以跟着我一起，说着与自己一点关系都没有的钱，一点不觉得羞愧。

他经常骂我是一个疯了的女人。很长的一段时间，我一直觉得他说我疯了，是对我的一种赞美。一个男人，当他再也找不到任何形容词来描述一个女人的时候，也许他就会对所有人夸奖说，我不敢相信，她完全是一个疯子！至少在我的后半生，我再也没有听到谁说我是一个疯子。

安德烈也尝试过，停止我和他之间保持的这种暧昧而晦涩的关系，我在他眼睛里也许还是个孩子，稚拙而干瘪不谙世事。他也会用《圣经》上神说的，有关性的话题来教育我，说性是一种污秽的行为。我不知道为什么他会萌生出要去阻止我们的心思。这看起来很可笑。我完全没有听懂他的意思。之后我们还是会疯狂地缠绕。我想他那时那么年轻力盛，是不会拒绝任何女人的。那之后，我问过他这是爱吗？他说不是。

五

　　我和安德烈·鲍德温在一起的第二年，他回了意大利，探望他的两个母亲，或者说是他的三个母亲。

　　他的母亲娶了一个女人，他的父亲也娶了一个女人。

　　那一年我留在了斯阔米什，帮一家出门远行的人照顾两只狗。他们家就住在离我不远的街区对面。我每次要在餐馆下了班之后，去喂那两只狗，还得陪着它们在那里过夜。

　　安德烈回去以后，偶尔会写上只言片语给我寄过来。邮局的人会把信送到我的门口。每次有人来敲门的时候，我都不敢开门，甚至连门都不敢靠近。住在斯阔米什的人，敲门都很响。就像他们很愤怒一样。

　　门把手附近，有一个小洞，我可以从那个缝里，看见送信人穿的鞋。那双鞋若是一双锃亮的皮鞋，我就会蹑手蹑脚地向后慢慢地退去，不敢弄出任何动静，靠在窗户口的墙边，双脚并拢，似乎只有那样，才不至于弄出声音来。若是那个人穿的是一双运动鞋，我就会打开门。那么几个月以来，我一直是依靠着这样没有任何依据的判断，来决定我是否应该开门的。

　　我也给安德烈写过几封信，说些他离开后我对他的思念，可是一直没有寄给他。邮局离我住的地方太远了。我不想走那么远的路，也不知道寄到意大利，需要贴几张邮票。任何询问，都会令我面红耳赤，我也倦于询问陌生人任何琐碎的问题。也许更重要的理由是，安德烈并不是一个善于懂得表达感情和接纳感情的人，所以信一直到现在，都留在我的抽屉里。

　　第一次去狗的主人家，有两个进出的门。女主人之前就告诉过我，从后面的门出入。后面的门，要经过一个短的楼梯才上去。我拎的箱子，正好和楼梯的宽度差不多。我不得不背过身子，把行李架放在肩上往上推。结果箱子从楼梯上滑落下来。那个楼梯是木头的，仿佛都能感觉到震动了一样，我手足无措地放了手，往后退了几步。箱子重重地摔在了地上。

主人家听到了声响，开门的时候，他们的表情十分意外。我尴尬地看着他们，又看看我的箱子，还笑了一笑。那种笑仿佛只会在年轻人的脸上才能看到，一种放荡不羁又卑微的笑容，通过玻璃的反光看到。后来的我再也没有了那种笑容。我没有去扶我的箱子，反而还想刻意和那个箱子保持距离，尽量表达出箱子与我无关。无论怎样，他们看到我是不该意外的，他们那天是知道我要过去的。

男主人穿着拖鞋下来，他没有帮我提箱子，而是随手提走了一个包。他没有抬头看我一眼。最后我和我的箱子，还是通过了那个阶梯。我站在他们家门口，小心翼翼地窥探着他们的家。屋子里布置得很温馨，靠近门的地方有一棵圣诞树，我以为那是给我准备的，因为圣诞节的时候，这个屋子里只有我一个人。心里面突然就暖和了。

我走了进去。女主人从地上抱起两只狗，她将头埋进狗的身体里。我听见她像是在啜泣。我在靠近她时回过头去，我拍了拍她的肩膀，我说你别难过。她说我没有。她说得干净利落，毫无感情，倒让我明白了，我不过只是来他们家看狗的。

我替那两只狗给他们道别，也提起这两只狗，一定会非常想念他们的话。男主人反倒安慰我说，你不用担心，它们也不过只是两只动物罢了。

那个冬天，屋子里除了我还有那两只狗。

六

我坐在椅子上写作，两只狗在沙发上睡觉，打呼噜。我不是第一次听见狗打呼噜，但是听到的时候，还是不禁毛骨悚然。还不敢完全转头过去看它们，只敢歪斜着眼睛，看它们究竟是怎样才能打出这样的呼噜。

我最怕的是那一只公狗，它的年龄要大一些，再加上听说它早年受过虐待，走路特别的慢，自然性格看起来要更"温顺"。我却根本不敢把这个当作温顺，我觉得它出奇地猥琐。它抬起头看我的时候，不是一下子把头抬起来，它先缓慢地抬起它的眼睛看着我，再慢慢将整个脸对着我。我通常不敢看它。我觉得它在用它的眼神猥亵我。至今它的眼神都难以让我忘记。主人离开之前，曾反复嘱咐过我，它因为之前受过虐待，害怕黑暗，所以在我睡觉的时候，我一定要把它放进我的卧室里，和我在一个房间里待着。

我曾多次尝试要把它关在房门以外，因为我实在不知道，它晚上会对我做出什么出乎我意料的事情。可是我没能把它关在外面。它蹲在我的房门口，像一个男人一样。它不动，也不叫。就坐在门口等着。那时候我觉得它十分的狡猾，它一定是知道了我所有的秘密。所以它知道我最后一定会把它放进去的。

卧室的床很低。两只狗很轻易地就可以跳上床。起先我对于它们俩想要跳上床的举动，一直十分反感。它们在床下看着我，试图寻找任何时机，趁我不注意就跳上床来。我也就经常和它们整晚上僵持着。它们坐在地上，我坐在床上，丝毫不放松地看着它们的动静。这样的僵持让夜晚变得柔和起来，我也越来越习惯了，如果没有它们，我反而会觉得心里空空的。它们和我睡在一起，就变成一件非常自然的事了。

　　房子外面，就是火车站。晚上，只要我闭上眼，不一会儿就能够听到火车的鸣笛声。我在黑夜里醒着，细细地听着一列列火车的声音，直到没了声响，我才转身睡去。那之前我就听说，其中一列火车是开往美国的。如果爬上那列火车，只要过两个星期，就可以到纽约。我就在黑暗里想着，爬上火车的种种情形，我是否该带上几件衣服，我的腿会不会在攀爬的时候，被车厢擦伤，以及我怎么才能找到合适的货仓，安全地待在那里。有时候，我会想得心惊肉跳难以安睡。

　　那时候，两周之后正好是圣诞节，如果我爬上了火车，我就可以在两周之后，在纽约看到巨大的圣诞树。

　　但是我最终还是告诉自己，我不能上那列火车，至少不是现在。

　　我经常牵着狗，站在铁轨不远的地方，对着急速开过的列车，想象坐在列车上的人，正在吃什么东西。因为在国内时，从重庆坐火车回家，我都会吃橘子。我就想火车上的人，他们是不是也在吃橘子呢。

　　那些天，外面下着纷飞的大雪，我从来没有在我的家乡看到这样大的雪。我幻想着，火车在新年那天进了站。我捧着热乎乎的红薯问我母亲吃不吃。然后我就将头埋进雪地里哭。

　　那些年，也是冬天，我父亲会踩着雪来看我。他也会给我带来寿司。

　　那些年寿司店还没有在我们的城市里普遍开来。第一次见到寿司，是我爸爸在沃尔玛超市里买的冷冻的寿司。他拿回来的时候还有超市里的那种冷气。我还记得盛放寿司的那个盒子底部有着象征日本的颜色，有红的、白的、绿的到处点缀的花了。第一次吃寿司的时候，心里带着抵触也带着兴奋。那种对于来自异国他乡，且还来自日本的食品。从小对于日本就有恐惧，想要切断一切可能和这个国家连上关系的东西。

　　第一次吃寿司，还不知道怎么去吃，因为寿司是冷的，所以爸爸就假设寿司是需要热的。端出来的时候，我仔细地看着寿司上的紫菜，因为热量过高，紫菜变得特别软，里面的米饭也就包不住了，寿司也就都全部几乎散架了。放进口中，米饭尽管是酸的，我还是逼迫自己咽下了两个，因为我知道现代人都在吃寿司。我自然地以为我也应该吃寿司。而且我之后到学校里，还可以骄傲地告诉别人我每天都在吃寿司，这听起来该是有多么的洋气。可是我心里默默地告诉自己，我不会再吃这样难吃的东西。时隔半年，我也就忘记了米饭是酸的，让爸爸再买了寿司回来，又重复了以上的全部步骤。

　　那些遥远的大雪，那些白雪皑皑的世界，我的父亲不知道他的身影会被大雪埋没，以至于我再也看不见他。他会对我挥手，这是我唯一辨认他的方式。

七

　　如果我没有记错的话。这将会是秋天里这个城市的第一场雪。在这个场景下，光透过玻璃照进了屋子。我一向喜欢拉上窗帘，所以我不太看得见外面。但我知道这和十年前在斯阔米什时的天气一样。

　　那时候，阳光也是一样地照进了屋子，不一样的是，那是别人的屋子。我不会关百叶窗，所以光总是恣意地洒在想洒在的地方。地上有黑色的狗毛很清晰，而那些白色的狗毛，等我在屋子里走动时，才能隐约地看见它们泛着耀眼的光芒。

　　那样的好天气，我却经常用来睡觉。很多时候，我是故意在放任自己，把白天都睡过去。因为我感到的是我那年龄的人，都能感觉到的那种绝望。那也许不是一种感觉，而是一种状态。很多人将绝望与痛苦或是失去相连接起来。其实看似有关系的东西，毫无一点联系。但又偏偏是绝望到无处可逃。

然而到这里，我觉得似乎该停止了。我感觉到口渴，我以前觉得只有喝啤酒，才能卸下我的疲惫与劳累。但随着时间的流逝，酒精这种东西，对我的麻醉已渐渐失去了它该有的效果。现在在我的手边只剩下了咖啡。

在我能写的时候，我就拼命地写；就好像明天没有这样的机会再写了一样。我怕我明天早上起床我就会忘了他们。

还有另外一个人。艾伦，他是安德烈的朋友。他除了也是木匠之外，他还画一些奇怪的图纸。我从来没有看过。只见他拿着铅笔坐在角落里，画着各种不像艺术家会画出来的线条。

安德烈回家的那一年圣诞，我在镇上遇见了艾伦。我邀请艾伦和我一起吃饭。我一向在外面话不多，更别说在寿司店里了。我和艾伦来到我常和安德烈吃饭的那里，以前和安德烈来的时候，我们很多时间都长坐着，也不说话，头倾斜着看电视上的冰球比赛。就连端杯子喝水，也不看对方。时间长了，寿司店里的老板娘也认得我们，叫得出我们的名字，老板娘笑盈盈地喊着我们的名字，她好像看得穿我们似的，我们都不太爱理她。她有着笔直的卷发，画着日本妇女保守的妆容。这个老板娘体态丰盈，不知道穿着干练的裙子还是只是短袖，因为她总坐在收银台面前，遮住了她的下半身，我也就从来不得知她究竟有着什么样的腿脚，我更无从推断她走过什么样的路。

她看到艾伦和我来吃饭的时候，老板娘当时竟然是喊了安德烈的名字。她的那种不假思索和习以为常让艾伦变得极其尴尬，吃饭的时候也默不作声。我们都没有看当天的冰球比赛，那是第一次冰球比赛变得和我无关了。

艾伦送我回去的那晚他没有离开我住的公寓。他给我留下了一个在他邻居庭院捡到的石头。安德烈从意大利回来的时候，我对他说了那晚发生的一切。

因为艾伦反复威胁过我，他会告诉安德烈。安德烈早晚会发现他留下的石头。我曾经在屋子里不停地想将石头完全地藏起来。

安德烈没有再握住我的手，他变得异常的冷漠。好像他的手生硬地将我们之间的距离永久地挡了开来。当听到他说我爱你的时候，我的眼泪就流下来了。很多时候，人们永远不知道，什么时候会是他们的最后一次，最后一次见面，最后一次拥抱，最后一次亲吻。

而那天，我清楚地知道，将会是我们最后一次。自始至终，我没有哭出来。

一直到现在，每当我看着树林，我就会想起他。

八

和安德烈分开的半年里，我常常一个人站在外面，站在他的楼下，看着他的窗户，想着他一定在埋头看着一切有关木头的书。我经常想那时候，也许他该剃胡子和修剪两边脸颊的碎发了吧。脑子里总出现他瘦弱的幻影，颤颤巍巍地从书桌前走到窗前来看我。

那是我最后一次见他。

他的葬礼是在秋天。我记不清楚年份了。他的墓碑上一定是有的。在他死之前的几个月，我一直平静地生活着。我也偶尔会到他的窗前等他。他的窗前爬满了绿色的树藤。直到我再也看不清窗子里摆放的物体。

偶然有一天，我走到镇上，碰见了以前在餐馆吃寿司的老板娘，她说起了安德烈的死。我并没有感到特别震惊，仿佛一切来得那么自然，仿佛我也早已料到会有这样的结果。我知道这一天迟早会来的。而这样的结果，却在这样偶然的相遇里来了。他那时常吸大麻，又好像没有节制。我不知道他的用量，只见他每次用一个老式的烟嘴，坐在床上，眼睛眯成一条缝，享受着大麻带给他的快感。

那个模样，我想也许就是他临死前的模样。在另一个镇上的一个叫海的人，总是给安德烈提供大麻。记得有一次安德烈说过，他想换一种比大麻更烈的东西。安德烈曾经在我的面前，吸完了像大麻一样的东西后，失去了理智，咬伤了我的手臂。

老板娘告诉我，他死于一场车祸。她没多说细节。关于大麻之类的话题，人们在这个镇上都避而不谈，但是大麻的交易又总是在光天化日之下进行的。每一次他们拿一个小盒子装上大麻，就递给另外一个人。我也总是避开看他们的眼睛或者看他们的手。

她说他的葬礼会在周六举行。然后她看着我。我的眼泪就在我看着远处的时候流了出来。她摸了摸我的肩膀，她说上帝保佑你。她就走了，没有更多的话。我知道她不是一个上帝的信徒。

葬礼那天，我特地穿了黑色的长裙。我想到了很多，见到他们家人的情形。参加葬礼的人比我想象的要少。秋天的雨淅淅沥沥地落在树梢和草地上。通往墓地的路上，一些草在雨里被人踩得东倒西歪，草的香气很浓地散布出来。我小心地走到他的灵柩前，放上了我喜欢的小雏菊。我没有勇气站在他的灵柩面前，我退到了人群的外面。

也就是那次葬礼上，我终于见到了他的母亲们。

他的两个母亲相拥而泣，让我分不清到底哪一位是他的生母。从我站着的角度看过去，离她们并不远，我能清楚地听到她们相互安慰的声音，虽然如同蚊蝇一样飞进。我站在那里，她们让我想起安德烈曾给我描述过的情形。

　　小时候，他在家里有一种无处藏身的感觉，他经常听到他的两个母亲，在家里毫不避讳的由于亲近发出的声音。他总是把自己藏起来，坐在黑暗的柜子里，躺在楼梯间的过道里，不停地咬自己的嘴和手指。后来他学会去想象森林，而忘记了他身边的世界。

　　我没有离开。我知道那是我最后一次与安德烈告别。我的心里充满了恐惧，旁边有一位为安德烈读《圣经》的女人。

　　我怎么也无法想象安德烈的身体，他那可怜的瘦弱的身体，如何平静地躺在棺材里面。有人用伞遮住了他两个母亲的头，她们依然相互挽着对方的手，像是两个相互支撑的架子。牧师的声音在雨天里粘上了潮湿的气息。我站在人群外面，我的眼泪终于还是落了下来。

　　我听不到任何声音。我站在那里。脑子里全是餐具互相碰撞的声音，是那种一不小心，就可以完全摔碎的餐具，还有在人们离开之前，放入水池的声音。这样的声音其实并不刺耳，只是那种吃完了东西，抹干净嘴，起身准备离去的声音，尤其是在我看不见那些餐具，只能用耳朵听的时候，尤其让人感到悲伤。

　　那一刻，我看见安德烈站在我的面前，他赤裸着身体。他瘦削苍白。

九

　　安德烈死后不久，我接到了父亲那个女人打来的电话。她告诉我说我父亲的饭店破产了。之后她不停地谩骂我和我的母亲。就如同这么多年我们一直活在他们的生活里，并且消耗着他们一样。但是我们彼此都知道这不是真的。

那段日子，斯阔米什的生活变得像死一般寂静。我每天晚上都坐车去另一个镇上的酒馆，一切的人和事都与我无关了。天经常下雨，深夜走在雨水打湿的路上，满身酒气地与迎面而来的人擦肩而过。总有人走到跟前来问我要不要打伞。我总是摇头拒绝别人的好意。艾伦的石头也在突然间就消失不见了。

一个人在深夜的街头走着，我经常会看见安德烈出现在雨里。他就像嵌在我皮肤里的瓦砾。我站在房檐下，任凭瓦上滴下来的雨水，冰冷地打在我的头上。我看着他。他不说话，瘦弱的身体在雨里晃动，留给我一个单薄的背影。雨夜时交错出现简短的遗体告别仪式。他有时候还会突然坐下来，坐在那个看不清他脸的酒馆里，用他木匠特有的手指在雨夜弹钢琴。

很早以前我曾问过他，等到他结婚了，他抱着别的女人的时候，会不会想起我。夜光透过百叶窗，我只能看见他的下巴。外面的雨点稀稀落落地打在树林里，有一种寂静是从风里穿过来的。能够让一颗心感觉到在寒冷的空气中晃荡。我抬起手，墙上的影子清晰地映出它的孱弱和瘦削。

奇怪的是我并没有感觉到伤感，尽管我清楚地知道他不会想起我。也许就是在现在，我能够被他想起的时间，也许也不会太多。他没有任何动静。然后在我已经想着别的事情的时候，他就说快睡吧。

他一直是沉默着的，就连雨夜这样的相遇。他单薄地沉默着。这让我对他对往事，统统失去了想象或者记忆。他也许已经见到了我的姥姥姥爷。

由于我父亲饭店的破产，我心里也再没有了留在这里的底气。加上安德烈的死，我已经没有留在斯阔什米的勇气和理由。

回国之前，我去花店，买了一束郁金香，用透明的花瓶插着，放在了中国女人的门口。走之前，我用手摸了她门上的猫眼，她也许是看到了我的。

安德烈的死，让我在十七岁离开家之后，第一次回到了阔别已久的家。那一天，当飞机的机翼和飞机跑道，一起映入我的眼睛的时候，我突然就哭了起来。离开这块土地那么久，我从来没有这样百感交集，甚至是千疮百孔一样的感觉。

十

我回来了。无论是离去还是回来，对我来说都变得毫无目的可言。我拖着行李随人流走出陌生的机场，没有接机的人，跟我离开时一样。一个人茫然无绪，甚至惶恐地走在人群里，不会知道迎面而来的时间，究竟会是什么样子。不同的是，这样的回来，是我极为不情愿的。

走了那么久，城市已失去了记忆中的模样。站在人来人往的街上，一切都是陌生的，而有一样东西始终没有变。那就是我身体里的气息，与这条街上的气息，无论时间怎样变，城市怎样改变，我嘴里、鼻子里的气息，和这个城市的味道一模一样。当我的双脚踏入这块土地，我知道了，我属于这里。我的脚无论踩到哪里，就有一种落地生根的感觉。

下了车，沿着我并不熟悉的路，走走停停。我的母亲没有来接我，哪怕是站在街上或家门口。她不会想到我忘记了这座城市。在她的记忆里，她的女儿是无所不能的。她能有这样的想法，并不是因为对我有任何钦佩。她只是疲倦于去过问她自己以外的事情。从小到大，她没有担心过我做的任何事情，她甚至说无论我做什么都是对的。因为她从来没有听过我讲话，她甚至对我的声音都未曾想要熟悉过。上小学时，她牵着我的手，走过上学必经的巷子，仅此那样一次，她很快就放开了我的手，向远方指去说道，你向前走就到了。

她从来都是不闻不问。有一次我摔进了泥沟里，连内裤都是湿泥，她只说脱下来，洗了。

她也不说是谁给我洗了。好像她多说一个字，就会耗费她过多的精力一样。

那时候，老师每天要求听写，我只好将学过的词语，学着老师听写时的读法，缓慢地边读边用复读机录下来，然后趴在地上认真地写着。她推开门来，看到我趴在地上，没有说一句话。我看着她，我坐直了身板，看着她将门掩上，又继续趴在地上听写。

从前那些破烂的建筑，沿着这条窄巷一路过去，还尚未被政府拆掉。走在这块不知道到底要延伸多远的坚硬的水泥地，我显得步履蹒跚。那座小石桥，小时候上学必经过的石桥下，臭水依然涓涓地流着。那种臭味让我产生一种我从来不曾离开过的错觉。其实那里已经没有了桥，对于臭水沟上面遮挡物的记忆，仍然停留在我离开的那一年。

也许根本就不是一座桥，而是上面加盖的东西，让我误以为是桥。另一头是封死了的墙面。油毛毡柴火棍遮盖了阳光，使得那面红色的砖墙，长年处于阴暗之中。

而我每次回家，都要经过它，然后进入狭窄的巷子。两边依然是水泥砖墙，顶上都加盖了油毛毡，同样挡了阳光，透出一股阴湿的臭气。从巷子里钻出来，我以为还会进入另一个陌生又狭窄的巷子。可是一走出去，前面是一栋看起来非常冷漠的楼盘。车站和以前的面粉店都没了。曾经的我走在路上，一时间竟然会站在那里想不起自己是谁。现在那种陌生的茫然感重又回来了。我抬起手来，想挥一挥，就像小时候站在这里跟同学告别一样，想象那些楼房和窗口还在。

我看到一个晃动的身体，笨重地像是从装修工地里提起来，硬塞进了时间里。她穿着质地十分糟糕的睡衣，似乎也感觉到了有人站着在看她。她缓缓地放下手中的盆，手僵持在空中，头轻轻地歪斜过来。

我的母亲和我，就这样重逢了。

似乎没有惊喜也没有沮丧。我们就那样僵硬地站着。她看我的目光很闪烁。她突然对我说，你回来了。

这个浑浊的声音从她的口腔里发出，穿越了遥远的距离以及遥远的时间。我感觉我的身子晃动了一下，鼻子和眼睛都酸酸的。我将目光移到她身后的住宅。童年的时光都被围困在这儿，高深难以翻越的围墙之间，对于外面世界，以及自然的认知，都来自这片小小的土地。

那么多年了，葡萄的藤蔓还顺延着高墙，以一种向上的生命姿态蜿蜒盘旋着。矮小的太阳花在晨光初露之时，以饱满的精力开出色彩各异的花朵，仿佛不知会在余晖落尽之时将要凋萎一般。或者正是因为这个原因，它才会拼尽全力地开放。

我们家屋檐下的瓜藤，像施了我母亲都不知道的肥料，以掩耳不及迅雷之势，向着房屋各方延展。我常常坐在石阶上，仔细地看着这一切，包括与它们之间相衬托的，古老而深幽的艺术浮雕。那么多年以后，我还能坐在这个石阶上，看着我母亲打理眼前的一切。那么多年了，这个女人还是一点没变。

母亲在和我父亲离婚之后，有过很多我不知道的男人。似乎对她来说，缄默不语是对我的一种尊重。她从来不让我见她的任何一个男人。

每一次她买菜回来，都张着嘴巴呼气。尽管有无数的作家，曾写过类似于走路的时候，别张开你的嘴巴之类的小说（奥尔罕·帕慕克在伊斯坦布尔的自传小说中就曾描述过这样的场景）。但是我的母亲已经忘记了。年幼时，母亲和我讨论各种各样的小说。

可是现在她堕落到完全忘记了。她当着我和她的情人，她大声地咳嗽，大声地打喷嚏。有时是在炒菜的油锅前，锅里的油冒烟的时候，突然就大声地打出一个伤筋动骨的喷嚏。这个时候，我会觉得她真的老了，老得有点自暴自弃。那个喷嚏的声音像一辆快要散架的单车，被人使出了全身的力气踹了一脚。

我无法将多年前，无论春夏秋冬总要围一块纱巾在脖颈儿上的女人，与眼前拼命打喷嚏的女人联系在一起。我实在忍受不了的时候，我会在和他们中午吃饭时起身离去。他们俩吃完饭之后，同时都张着嘴嗑瓜子。母亲把脚搭在他的腿上，大脚拇指从袜子破洞里探出来，指甲很长，现出坚硬的白膜。

我看着她，她浑然不觉。她的确老了。他们一起看着电视剧，这是她年轻时最不屑一顾的。可是现在他们还大声地说剧情，聊一些不着边际的话题，比电视剧更无趣。

劳累的时候，我不敢把窗帘拉起来的习惯，就是在那时候形成的。

母亲和她的情人都已经退休了。家里日常的生活支出和来源，都依靠母亲前半生的积蓄。就我所知道的，他们当时已经用得所剩无几。母亲从来没有想要打问过我在外面的生活，也从来没有过问过我发生过什么事情。她一直想要说服我，嫁给当地的一个有游轮的渔民。有一艘自己的船，夏天的时候，那个渔民就会扬起帆，将他养的鱼一网打尽。重要的是，这样就可以满足母亲和她的情人，在看电视剧时聊的那些不切实际的关于钱的想象。人人都想日进斗金地做一场白日梦。他们不知道，就算是一个有两艘大船的渔民，也满足不了他们做的那些梦。

我答应母亲我会去海边看他。

浩瀚、气势磅礴的大海，浑浊而没有边界。一些沙砾钻入我的脚丫子里，细细滑滑的让我总是停下来。

我看见了一艘船向我驶来。

是的，一艘大船。那个男人脸色黝黑地站在游轮的最前端。他穿着夏天的衬衣，他尽量不想表现出一个渔民的样子。因为他的笑，让人一眼就可以分辨出他是一个渔民。

我静静地看着它由远而近地驶来。

我知道，从此我将由近而远地离开。离开那片大海，那片森林。

图书在版编目（CIP）数据

街区那头 / 蒋在著． -- 北京：作家出版社，2020. 5
ISBN 978-7-5212-0534-3

Ⅰ. ①街… Ⅱ. ①蒋… Ⅲ. ①中篇小说 – 小说集 – 中国 –
当代②短篇小说 – 小说集 – 中国 – 当代 Ⅳ. ①I247.7

中国版本图书馆 CIP 数据核字（2019）第 093268 号

街区那头

作　　者：蒋　在
责任编辑：史佳丽　李亚梓
特约编辑：赵　蓉
装帧设计：守义盛创
封面摄影：闫振霖
出版发行：作家出版社有限公司
社　　址：北京农展馆南里 10 号　　邮　　编：100125
电话传真：86-10-65067186（发行中心及邮购部）
　　　　　　 86-10-65004079（总编室）
E-mail:zuojia@zuojia.net.cn
http://www.zuojiachubanshe.com
印　　刷：北京玺诚印务有限公司
成品尺寸：142×210
字　　数：150 千
印　　张：6.375
版　　次：2020 年 5 月第 1 版
印　　次：2020 年 5 月第 1 次印刷
ISBN 978-7-5212-0534-3
定　　价：38.00 元

作家版图书，版权所有，侵权必究。
作家版图书，印装错误可随时退换。